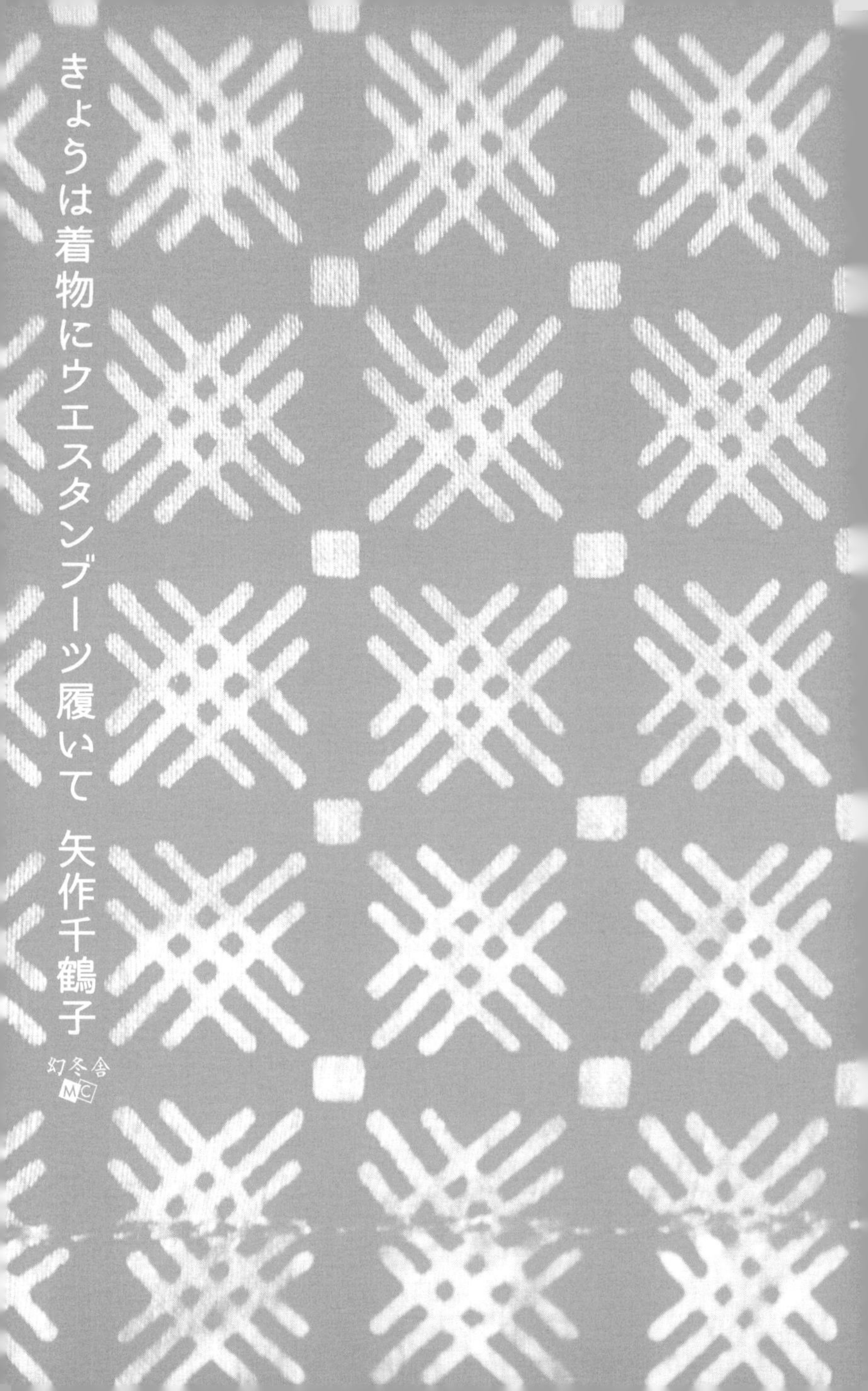
きょうは着物にウエスタンブーツ履いて
矢作千鶴子
幻冬舎
MC

# きょうは着物にウエスタンブーツ履いて

# はじめに

4年前に60歳を迎えた時、「これから30年先の自分をつくっていく!」と思いました。初めて子供を産んだ30歳。その後の5人の子育てと仕事との20年間、目の前のことに忙殺されて歩いた期間からその先を想像した時、「自分を育てていくことが人生だ」と思えるのでした。子供を育てることと同じように、「今までのさまざまな困難との遭遇は、自分を育ててきたことなのだ」と気付いた瞬間でした。

これから始まる『未知なる90代の自分育て』にワクワクし、生きていく日々が『30年後の過程』と思えたことで、「これからは自分としっかり向き合って、自分を育てていくぞ」と思うのでした。

そして4年がたった現在、64歳。

自分の子供たちが子供を持ち始めて、さらに「人は素っ裸でたった一人、母親のお腹から生まれた瞬間から『人生舞台のシナリオ』を書き始めているのだ」と感じることができました。

『人は皆、たった一人で生まれてきて、一人で死んでいく』その意味が、人生は誰のものでもなく、当たり前ですが、自分自身のものだったことに気付きました。

他人が言うことや社会の潮流を鵜呑みにせず、おかしいと疑問が生まれたら自分で調べ、自分の体と頭脳を使って世の中を生き抜く。

最後まで、「自分らしいシナリオとは何か？」と自問自答しつつ書いていく。

できることならば、何歳になっても自分を試す機会を多く持つ。

何か問題が起きても、自分で解決の道を持つように育てていくことができたならば、一人でこの世を去ることも嬉しいことのように思えるのです。

大勢の中にいても自分を見失わないように生きることで、自然とそう思えると感じるのです。

自分のことを一番に心配し、自分を労い、自分を褒めて、自分をしっかりとコントロールする。たった一度だけ与えられた人生のシナリオの主役が、自分だから。

この執筆で、さかのぼった日々の全ては、未来とつながっていたことだったと気付きました。そして、自分を誕生させてくれた先祖まで感じることができました。

その機会に感謝すると共に、未来の自分の過程を積み重ねていきたいと思います。

きょうは着物にウエスタンブーツ履いて

目次

# 目次

Down town
San Jose
WELCOME
ZOOM
もうすぐ着くわよ～！
ん～…

Bam!!
わあ
JAPANTOWN
OBON
FESTIVAL
GYOZA
SUSHI
TAKOYA

いらっしゃい！
Hi
たこ焼き
食べに来ました～！

もう盆踊りは
見てきましたか？
盆踊りまで
やってるんですか？

あっちで
踊ってますよ！

Wh

す、すごい…！
日本の盆踊りとは全然違うけど
みんな真剣に踊ってる――

異国の地で生きてきたからこそ、
移民した先祖を敬っているんだ…
小さい頃、田舎で見た、
ただの慣習の踊りとは違う！
ドキ
血が遠くなった自分たちだが、
「移民一世のことは忘れない」
という思い――
ドキドキ

このカリフォルニアの
乾いた空気の中で
ドキ
ドキ
ドキ
本当の盆踊りを見た

**Life does not get interesting until your 60th birthday.**

60歳の誕生日から人生はおもしろくなる！

# 「知りたい」は
# 「恋」のスイッチと同じ

**"The desire to know" flicks the same switch as "love".**

何かのきっかけによって、ある時から『相手をもっともっと知りたくなる』気持ち、それは『恋』。

恋のスイッチが押された瞬間です。そして、その瞬間から思いは加速します。寝ても覚めても、どうしているかなぁと頭の思考回路を占領します。どこまで行っても『知りたい』が続き、どこまでも自分にとって未知な相手なら、その恋は簡単には終わらないと言えます。

予想外に相手から急接近され、勝手に『知りたくなる』思いに『知ってほしい』と入り込まれたら収束するもの。全て知ってしまえば『飽き』が忍び寄るからです。

私にとって『着物』との出会いは、まさに『恋』でした。

さかのぼること1890年頃、日本からアメリカのサンノゼへと移民した先祖が始めた『ボン・フェスティバル』。2002年から2年間、その近くに住んでいた私は、夏にフェスティバルに行きました。

集まって踊るのは移民の末裔たち、四世から五世の人々でした。老若男女の人々が400人。カリフォルニアの青い空に響く太鼓の音に合わせて、櫓太鼓の周りを揃いの浴衣で踊っています。

首から掛けたお揃いの手ぬぐいや、団扇、杓文字を使って踊る団体の中、先祖からのサイズの合わない着物を着ている紳士や、明らかに子供用の着物を着た婦人など、それぞれの顔は、いたって真面目そのものでした。

そして、世代の違う一人ひとりの顔から、日本人の誇りが見えました。

「自分たちの顔は日本人とは離れたけれど、100年以上の月日は過ぎても、先祖のことは忘れない」と、私に語りかけている光景でした。

私はその場から立ち去ることができず、連れてきた中学生の次女と一緒に、一時間以上その光景を見つめていました。そこにいた全ての人々の着物（浴衣）姿に一目惚れをしてしまったのです。そして、『知りたい』のスイッチが入ったのでした。

真面目に先祖を慈しみながら思う、その顔。

日本を思い、踊り続けてきた盆踊り。

私の心に描かれたのは、移民してきた人たちにとって『着物』は、『日本』そのものだったのではないか？ ということでした。

であれば、私はもっと着物を勉強して、先祖のために、今衰退する着物を助けなくてはならない！ 私がそれをやるのだ！ もっともっと知る必要があるのだ！

スイッチが入りました。


着物のことをあまり知らない私は、まず着物や日本の生地を売っていそうな近所の店を回ることに奔走しました。しかし、近所の生地屋さんには、チャイナドレスのような生地やインドのサリーのような生地は豊富にありましたが、日本の着物生地を見つけることはできませんでした。

それもそのはず、アメリカにはチャイナタウンが多く、サンフランシスコやロサンゼルスにある有名なチャイナタウンは勿論のこと、車で近所の路地を入るとその一帯が小さな中華街という場所がいくつもあり、たくさんの中国人が住んでいたからでした。カリフォルニアには大きなスーパーマーケットを中心にさまざまな店が集合していましたが、アメリカのスーパーマーケットに次いで多かったのは、中国のスーパーマーケットでした。

1990年代に入りIT産業が勃興(ぼっこう)してきたシリコンバレーには、多くの日本人がいましたが、2001年の同時多発テロ以降に激減しました。

困難になると、ますます加速するのが『知りたいスイッチ』です。なんとか日本の着物の生地を見つけたいという思いで、サンフランシスコの日本人街まで出掛けて探しました。しかし、そこにあったのは、空港などのお土産物として売られているMade in

Chinaのサテンに刺繍が施された『偽物の着物』ばかりでした。

日本で盆踊りを踊った頃、若者が真面目に踊る姿は少なかったですし、故郷でも東京でも普段に着物を着る人の姿を見たことがなかったことを思うと、アメリカで着物が売られていなくても仕方がないなと思いました。

2004年に帰国後、私は日本橋の織物通りにあったビルの一階で、着物を活性化する活動を始めました。

一年間の独学でしたが、着物の歴史や産地、着方や帯の結び方などを勉強しました。47都道府県に着物の産地があることを知って驚き、地方ごとに独特な技術の織物の反物、独特の絞り方や型で染める技術の反物、植物の根から染める反物など、全国に独自の技術があることに心がときめきました。そして、献上品として日本中が技を競い合っていた時代を知ることで、ますます私は着物の魅力に魅せられてしまい、『恋』のスイッチは本気に変わったのです。

日本文化の着物が衰退した原因が、戦後教育、儲け主義、合理主義、国際化で、業界が着物を金儲けの手段にしてしまったことが見えてきました。

何故、国産の絹がなくなったのか？

何故、貴重な職人の現場が外国にシフトしてしまったのか？

私がアメリカで見た『盆踊りの光景』の中には、先祖を大切にしている心がありました。そして、彼らが大切にしてきた『着物』に一目惚れをしたのです。

着物の衰退の原因を探っていくうちに、私が活性化しなくてはならない思いに火が付き、燃え上がりました。

着物は流行りの洋服と違う。

資本主義のお金儲けだけにしてはならない。

代々続く『持続可能文化』に私が立ち上がろう。

そして、その恋のスイッチから7年後に、着物の活性化を目的とした一般社団法人『Tradition JAPAN』を立ち上げました。

『着物』について調べるたびに新たな発見があり、ますますのめり込んでいきました。茶道や華道、書道など、『道』が付くものと着物には深い関係があり、歴史や伝統文化、職人の技が着物には存在し、結んだ帯を『太鼓』と呼ぶのも、先祖を思う心からではないかと思っているのです。着物の衰退は、日本の魂を損失することと同じではないか！

それは、好きになった人を失ってしまうことと同じ危機。
そんな危機感に、恋のスイッチはますます本気になるのです。

# どんな場所にも自分を活かす場所はある

**Wherever you are,**

**there is a way to make the best of yourself.**

故郷の小学校では、体力測定や運動会で速く走れる者が地域の選手に選ばれ、部活のような放課後を過ごしました。運命が私を陸上競技の道に引っ張っていったのも、そこからでした。

中学校は周辺の小学校が合併し、一クラス45人で、一学年が3クラスの全校総勢400人規模でした。入学すると必ず運動の部活を選択しなくてはなりませんでしたが、選択肢が3つしかありませんでした。

女子は、バレー部と卓球部と陸上部。男子は、野球部と卓球部と陸上部。男女が、そのわずか3つの部の中から選ぶのが必須でした。

都会の学校の状況を知らなければ、それは当たり前の三択でした。サボる生徒や退部する生徒はいません。放課後が楽しくて、その三択であっても皆が自分を打ち込める場所を見つけていたのです。

私は陸上部に入部しました。先輩にすごい選手がいて、その先輩に憧れて入部を決めました。先輩のような有名な選手になりたいと、先輩が卒業するまで背中を追い続け、それまでの運動会レベルから本格的な記録への練習を積んだ結果、好成績を残すことができました。中学校のわずか三択から陸上競技を選んだことで、高校では県記録、大学では大学日本一と貴重な体験をすることができました。

選択肢がたくさんあり、華やかな出来事に満ちた都会とは程遠い田舎でしたが、生まれ故郷の環境だったから自分のチカラを引き出してもらえたように思います。

私の故郷は豪雪地で、住人は70歳を過ぎても高い屋根に上り、雪下ろしをしていました。毎年、屋根から落ちてしまう人も少なくなく、雪下ろしは豪雪地帯の悩みでした。若者たちは進学や就職をきっかけに都市部に出てしまい、進む過疎化で年配者の雪下ろしは必須なのです。

町の電気屋だった父は、年寄りを屋根に上らせたくない一心で、屋根の雪を解かす発明に取り組みました。50歳を過ぎていた父でしたが、連日屋根の上でさまざまな雪と向き合い、風邪を引いて熱を出しても続けていました。

そんなある日のこと、父はついに屋根の傾斜角度と発熱する金属線を這わせる距離などを突き止め、屋根の融雪機を誕生させたのです。その発明で特許を取得し、そのことを大学生だった私はＮＨＫのニュースを見て知りました。豪雪地帯という環境の中、困った人を助けたいと、父は自分の能力を発揮してくれたのでした。

「どんな環境でも自分を活かすところはある！」父の姿を見て、そう思いました。

２００２年から２００４年、私は５人の子供を連れてアメリカに住みました。そんなアメリカ漬けの環境で出会ったのが、移民した日本人の『盆踊り』でした。

アメリカという異国の地で見た盆踊りは、日本の心だと感じました。着物や浴衣を誇らしく着ている日系アメリカ人を見て、着物は日本の財産だと教えてもらえました。

戦後11年たって生まれた私たちの世代は、ファッションや音楽、映画やドラマなど、アメリカのたくさんの文化を吸収して育ちました。その後も、生活様式や合理性という考え方によって、日本らしいものからどんどん離れることが続いたのです。そして、戦後75年を迎えた今、日本らしい日本を日本人が尊ばない国となりました。そんな日本で着物を見ていたとしても、『運命』は感じなかったと思います。

アメリカで見た盆踊りと『着物』は、資本主義社会にある商品としての着物でなく、連綿と続いてきた日本の歴史そのものとして私の中に飛び込んできました。運命でした。

現在ある日本の安価な着物は、中国製の絹をベースに、職人仕事をやめたコスト重視の、見た目が派手な印刷ものが主流です。

戦後70余年の間に、大切なことが失われてきました。売れないことの理由を「高いから」と考えたからです。職人がいない理由を『後継者不足』にしています。

しかし、今なら間に合います。

多くの人が着物を着ることで、日本は変わります。

多くの人が着ることで、日本人が作る着物でも単価を下げることができます。

自分たちの文化の産物を日本人が作るという当たり前のことができれば、職人が活躍できて、後継者も生活していけるでしょう。文科省として『着物を着る授業』を教育に入れることが難しいなら、誰もが一人で着ることができる機関をつくればいいのです。

『着物』を商売としてファッションの一部としか思っていなかった私に、日本文化を大切にしなくてはならないと気付かせてくれたのはアメリカの地でした。そして、着物が

売れない理由、後継者がいなくなった理由に気付いたのもアメリカでした。

千年の歴史ある着物の先を見据え、着物は日本の財産なのだと世界中に知らせることが私の使命だと気付かせてくれたのは、アメリカという場所でした。

# 社会は「誰かの決断」でできている

**Society is formed by "somebody's decisions".**

歴史を見ても分かるように、世の中に存在する物事は誰か一人の決断でできています。その決断の裏には、往々にして誰かの利権が見え隠れしています。

私には成人になった4人の娘たちと一人の息子がいます。成人式を迎える娘たちには、私が振り袖を着せてきました。そもそも、日本には着物しかなかったわけですから、母親が娘や息子に着せるのは特別なことではありませんでした。毎日のことなら、母親が着物を着せている姿を当たり前に見て子供は覚える。親になった子供は、自分の子供に同じことを繰り返す。着物文化は『持続可能』なルーティンの中で育まれてきました。

では、いつから着物は『着付け師』に着せてもらうことが当たり前になったのでしょうか。

その始まりは明治時代。多くの西洋式のものが導入され、洋装化が進んだ時からでした。

脱亜入欧の当時、男性は身分の高い人を中心に背広を着るようになり、洋服は西洋と肩を並べるための必須アイテムでした。しかし多くの日本女性は、そのような時代の中でも着物を着続けました。

昭和の初めから第2次世界大戦までは、多くの女学校では着物の縫い方などを教えていたようです。しかし、敗戦後の教育からは減少。現在では授業の中からなくなりました。

終戦後間もなくしてから、着物をほどいて作った直線裁ちのワンピースが流行り、女性の間から普段の着物姿も徐々に減ることになりました。

誰からも教えてもらえない環境下、着物を着る人も少ない時代が続き、自分で着物を着ることもできなくなったと同時に『着物着付け学校』が次々に誕生しました。先生の免状を出す学校も流行ります。『着付けの先生』に習う流れが常識になったのは、この頃からです。

今では、着物を着るには「着付け学校に行きましょう」と誘導する広告に対して、誰も疑問を持たなくなっています。このことを知った外国の人たちは「滑稽だ」と言います。


私は随分前から、振り袖を着てＳＮＳにアップすることがありました。

ある日のこと、全く知らない男性に、ＳＮＳに「既婚者で、何人も子供のいる女が振り袖を着るなんて、図々しい！　振り袖は成人式で着るものだ」と書き込まれたことがありました。着物人口が減少している中で「振り袖は未婚の女性が着るのが常識だ」とぶつけてきた男性に腹立たしさを感じ、成人式で振り袖を着るようになったのはいつからなのか、その経緯を調べることにしました。

振り袖の語源ですが、『振り』は袖が付いている『脇の穴（身八つ口）』のことで、当時は大人の着物も小さい子供の着物も『振り』がない小袖でした。しかし、子供は体温が高く、頻繁に高熱を出すので、その熱を逃がすために『振り（脇の穴）』を作るようになりました。『振り袖』の始まりです。

『振り袖』は袖の長さではなく、『袖の付け根に穴を開けた着物』だったわけです。現在の常識になっている『振り袖＝袖の長い着物』がいつできたのか調べました。江戸時代前期のようです。未婚の娘を持った親が盛んに踊りを習わせていた頃、自分の娘を目立たせて裕福な男性に見初めてもらいたいという一心で、娘の袂を誰よりも長くして競ったことが始まりだったようです。

『本来の振り袖』の意味は、子供の熱を逃がすために振りを開けた袖。そして、『振り袖の長い袂』の誕生は、親が娘を目立たせる手段にしたことでした。

誰かの誘導によって、振り袖エピソードが、いつの間にか『振り袖が若い未婚の女性の礼装』という常識をつくったのでしょう。

成人式の着物については、戦後の１９４８年に「20歳になったら、今しか着ることができない振り袖を着ましょう」というキャンペーンが誰かの考案で始まり、それが今も続く成人式の風情になっているのです。

今でも成人式は、振り袖を売る書き入れ時。一生に一度の晴れ姿と、親御さんは大金を支払い、振り袖を購入する常識が続きました。そんな誰かがつくった常識の中、成人式で着た着物はタンスの中で眠り、一生で2回着て終わりという振り袖の運命が繰り返されてきました。

今の日本は、少子高齢化世界一です。結婚に対する常識も、結婚式や成人式のあり方も変化してきています。そんな中で、ＳＮＳ上で「結婚して何人も子供のいる女性が、振り袖を着ているのは図々しいと思う」と書き込んだ男性のように、私たちは知らず知らずのうちに、常識の起源を調べもせずに生活しています。

先にも述べましたように、私の父は小さな電気屋を営んでいました。自分が売った品物以外でも、頼まれたらどんなメーカーの商品でも修理をする修理屋でもあり、小さな田舎の町で信頼を得ていました。

この町で商店会の会長をしていた父は、1973年の大店法（大規模小売店舗における小売業の事業活動の調整に関する法律）が決まる事態を酷く危惧していました。当時の私は高校生で、父の言っていることの意味を理解していませんでした。便利だから、安いからいいじゃないのと。

大店法が制定となれば、大型スーパーマーケットや大型店舗が縦横無尽に進出する。町の小さな小売商店はたちまち潰れてしまい、弱肉強食が始まるということです。

１９８０年代、アメリカの圧力もあり、父の危惧をよそに近くの町には大型店が次々とできました。『便利』さに翻弄される時代の弱肉強食は、今も起きています。

全国の商店街で起こっている、シャッター街の問題。当時の父の危惧は起き続けています。日本文化本来のサービスと、本来の豊かな日本の姿は、国際化と『便利』という名のもとにすっかり変わってしまいました。

どんなに小さな社会も大きな社会も、誰かの都合による決断で流れています。その決断に、歴史の目線、俯瞰の目線、何よりも持続可能な未来の目線が存在してほしいと感じています。

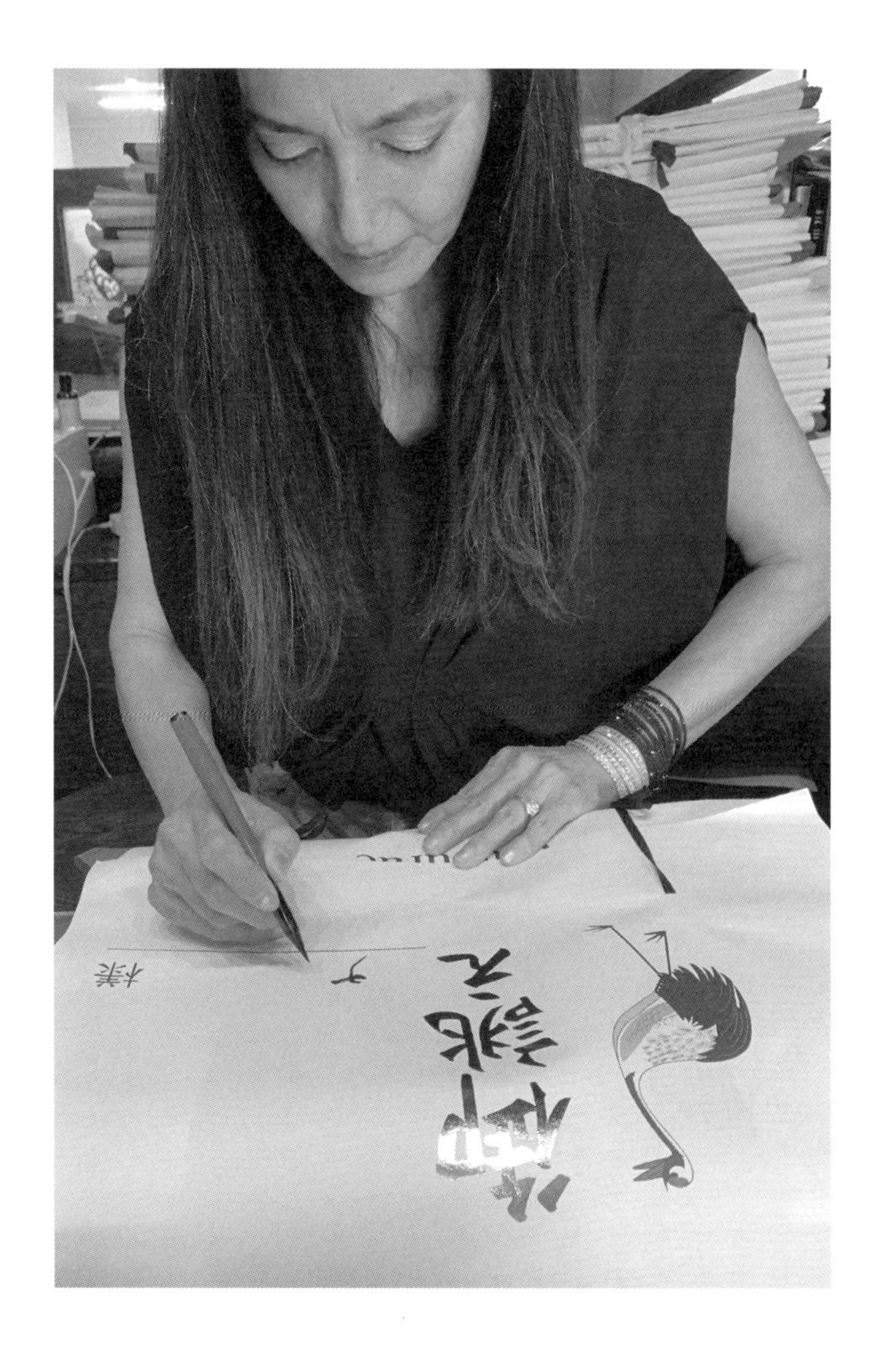
御誂え
様

# この場で
# 自分の何が求められているか心得る

**Learn** what is demanded of me now
in this situation.

小学6年生の時の文化祭で学芸会が行われることになり、大掛かりな劇をすることになりました。

担任の先生から配役の発表がある日、私は『主役』になりたいと思っていました。

当日、主役男子の名前が呼ばれました。続いて、主役女子の名前が呼ばれました。私の名前は残念なことに、そこにはありませんでした。そして幾つかの配役の名前が発表され、その中にも私の名前が呼ばれることはありませんでした。

まさかの裏方なのか……。

配役の次に『衣装の担当』の名前が告げられました。私の名前でした。

小学生最後の舞台に立てないことにショックを受けました。主役になることはイコール名誉。主役になれば両親を喜ばせることができると思っていました。先生が私を主役に選ばなかったことが、悔しくてたまりませんでした。

学芸会当日までの期間、放課後の練習が進むにつれて、劇の内容を伝えるということが何よりも大切なのだと思うようになってきました。配役一人ひとりの役割を明らかに伝えるのが私のポジション。それこそ重要な役割だと思うようになったのです。

主役、脇役、衣装や照明、音楽などの担当が、劇で伝えたいことに集中し、それを発揮する。つまり、一人ひとりが一つの作品を作り上げる重要なポジションだと思うことができたのです。

衣装係の私は、劇全体のクオリティを上げるため、役者の立場や役目を観客にリアルに伝えようと考えました。家から昔の着物を持ってきてとお願いしたり、年老いた役には髪の生え際などを白くしたりして工夫を凝らしました。配役一人ひとりの年齢や住んでいた家にふさわしい衣装を考えることが、とても楽しくなっていたのです。

このことをキッカケに、私は観る側に立って物事を考えるようになっていました。

主役にさせてはもらえなかったけれど、主役であっても脇役であっても、雑用係であっても、一番大事なことは観客に伝えること。「衣装係を担当できるのは私しかいない」そう思った瞬間でした。

20代で旅行雑誌のイラストを頼まれた時のことです。

「こんな感じと同じものを」とサンプルを渡され、イラストを描きました。それは、有名イラストレーターに似せた○○風がオーダーでした。

「なかなかいいね」と褒められ、ほんの数か所の直しを要求されたあと、納品した時のことです。出版社に直し終えた絵を渡すと、編集長の表情がみるみる変わって「キミね、何故こんなに直したんだ？　あなた好みの絵なんて望んでいないんだよ！」と怒られました。

「こんなふうに描いて」と、名もないイラストレーターへの依頼だったことを知りながら、要求されていない自分らしさを出してしまった私でした。

『こんなふうに描いてと言われた私は、褒められたことで有頂天になってしまった。いいね～と言われたのは、〇〇風だったからなのに……』

ほんの少しのイメージの違いで雑誌の内容と合わなければ、売り上げ減少につながる。責任ある立場の人が細心の注意を払って積み上げてきたプロジェクトの中で、大きな勘違いをしてしまったのです。

雑誌は表紙を修正する時間がなかったとのことで、そのまま出版されたのでした。

映画の配役に抜擢された役者が、ありのままの自分を捨てて配役に成り切る。役者に求めるのは『成り切り』の才能。役者が配役に成り切れないただの目立ちたがり屋だったら、観客に作品の思いなど伝わるはずがありません。

私は2009年から着物の活性化のため、『温故知新ファッションショー』と題した着物ショーを国内外で続けています。

ファッションショーと聞くと、ニューヨークコレクション、東京コレクションのように、自社ブランドの最新コレクションの発表の場であり、新しいラインの販売促進を想像します。日本で行われている一般的着物のファッションショーも同じで、有名女優やモデルがランウェイを歩いて、新しい着物の販売促進をするのが目的です。

私の目的は一回目のショーからずっと、着物の多様性を知ってもらうことです。ショーはテーマを決め、テーマを重視した着物の表現をプロデュースしています。これまでのテーマは、『雅』『粋』『戦国時代』『開国』『元禄時代』『ジャポニズム』『ジャズ』。毎回、テーマに合わせた着物ランウェイ、多彩なゲストのパフォーマンスが舞台上で繰り広げられる2時間のショーです。

ショーのリハーサルには毎回、当日の半日の時間しか用意していないので、出演する人の条件を決めています。たった数時間のリハーサルで、2時間のショーをこなす大勢の出演者の心を一つにまとめる条件です。

1　私を信じてくれる人
2　ワクワクしてくれる人
3　素直な人
4　威張らない人

私を信じてない人にはできません。
一緒にワクワクする人には、私のイメージが伝わります。
素直な人は、私からの大切な要望を習得してくれます。

威張る人は、すぐに仕切りたがります。それは必要ありません。

費用を掛けて開催する目的は、2時間で表現するテーマ。始まりから終わりまで、出演者全員がそのテーマに集中すること。出演者に求めるのは、そこなのです。ですから、一緒に舞台に立つ人に求めることは、私を信じてもらうこと。素直に耳を傾けてもらうこと、私の思いを理解して一緒にワクワクできることなのです。

そして、私が全ての責任を持つショーは、私そのものであるということなのです。

一緒に私の思いを共有できる人。それは、小学校の学芸会で感じた思いと、今も変わらないのです。

この場で自分の何が求められているか心得る

困難に必死で立ち向かえるのは
「自分」だけだ

**Only “ I ” can relentlessly face my difficulties.**

逃げたくなるような事態に遭遇した時、それを解決してくれるのは自分だけです。それは、自分こそが人生の主役だからです。

私は、昭和41年から53年まで陸上競技と共に過ごしました。

小学生の頃、体力測定や運動会で俊足だった私は地区の大会に選ばれ、部活のような放課後を過ごしていました。隣にあった建物の中学校には、やはり俊足だった3歳年上の兄がいて、県内でも強豪といわれていた野球部員でありながら、陸上部員としても活躍していました。放課後のグラウンドは中学校の野球部と陸上部が独占していて、隅っこで練習するしかない小学生の私でしたが、兄が走っている姿をいつも誇らしく見ていました。

部活ができる放課後が楽しくて仕方ありませんでした。

農道から山の麓（ふもと）あたりまで走ると、まばらに見える残雪に、もうすぐ雪から解放される春がやってくる喜びを感じ、夏の畦道（あぜみち）には枝豆の緑色や、いろいろなトンボたちの乱舞する姿とセミの声、秋になると日暮れが早くなって、走る影の長さに寂しさを感じ、部活と一緒に過ごす明るい思い出の日々でした。

どうしたら強く速くなるのか考えもせず、景色を見ながら楽しくのんびりと走っていた私でしたが、ある日、優秀な部員の先輩に付いて県大会に初めて行きました。

各地域から勝ち上がった選手たちの熱気とオーラに圧倒されました。

大会後、その先輩に「僕が卒業したら、君が県大会で頑張ってくれ」と言われました。

やがて、走ることや跳ぶことが好きだった私に転機が訪れました。中学3年生の時に走り幅跳びで全国上位の記録を出し、県内で有名な選手になったのです。

当時、私がいた陸上部には、ピタリと踏み切りを合わせる助走路のテクニックや、スピードある助走路の走り方を教えてくれる指導者がいなかったので、好記録が出たのは奇跡でした。

その後、高校へは特待生として入学しました。

しかし、ほとんど男子という環境の中、特待生という自分の立場に、入学直後から後悔の日々が始まりました。

文化祭も運動会も、お盆もお正月も入れて、練習が休みだったのはわずか2日間のみ。唯一、中間テストと期末テストの期間だけは一週間前から練習がなかったので、学校行事の中で一番楽しみだったのはテスト期間という高校生活でした。

ただし、練習漬けの甲斐あって、小学校の頃の憧れだった県大会では走り幅跳びで優勝、200m走も準優勝、400m走では県高校新記録を作りました。

メンタル的な苦しさを乗り越える練習は、これでもかという走り込みによって積み上げられて、とうとう全国高等学校総合体育大会（インターハイ）への切符もつかみました。

インターハイに出場した種目は、一番過酷な４００ｍ走。予選は一位通過だったにもかかわらず、残念ながら準決勝は貧血のために決勝には残れず、高校生活での最後の試合となりました。

しかし、高校で成果を出したことで、大学も再び特待生としての入学となりました。

大学の練習は高校時代以上に苦しく、同じ特待生として入学してくる学生は全国からのツワモノ揃いでした。故郷では両親と一緒の生活だった私にとって、寮生活と大学の授業と完全なる部活動中心の生活から逃げる場所はなく、また逃げるわけにもいかず、「学校の名誉のために走る特待生」としての４年間が始まりました。

当然、その毎日は予想を超えた苦しい日々。毎日、４年後に引退する日を想像する日々が続きました。

2年生になったある時、練習メニューに初めてイメージトレーニングが取り入れられました。

大会当日、自分が会場に着いた時からをイメージする。そして、ウォーミングアップ後のスタート地点に立つ自分を細かくイメージする。

体を冷やさないようにするためにスタート地点で何をやるか、全ての工程の中で自分をリアルにイメージすることや、試合自体を自分が主役の映画を作るようにイメージする癖がいつの間にか身に付いて、その時の全国大会800ｍ走で優勝。3年生でも1500ｍ走で全国優勝することができました。

その結果、「負けられない」という重圧となって、私にのし掛かりました。毎日の練習に気合が入らず、日本一を果たしたことで、目標を失ったような気分でした。

そんな重圧の中、関東インターカレッジで1500ｍ走のレースを迎えました。

いつものようにイメージトレーニング通り、トップのポジションをキープして走っていた時です。あと一周というところで、急に不安に襲われました。練習不足が原因で、後続者に次々と抜かれてしまったのです。

前年の優勝という重圧とプライドに負けた私に、「このレースをやめよう。倒れるなら今だ」という思いが膨らみました。とうとう意識がありながらも、わざと倒れました。

私は情けなさでいっぱいでした。

救護隊が駆けつけてきて私を担架で運びながら、倒れている私の鼻先で気付けのアンモニアカプセルを潰しました。それでも気絶の振りを続ける私は、「なんて、ぶざまなことをしたのだろう」と深く思いました。

「私は逃げた。しかし、このことは誰も知らないことだ。前年度の優勝者は体調不良だったから、仕方がなかったのだ」と、自分に言い聞かせました。

しばらくして、担架に乗せられた私に、「おい、こんなこと二度とするな!!」と言う人がいました。

私のしたことを見抜いた監督でした。

こんな状況を誰が救ってくれるでしょうか?

逃げて、退学して実家に帰るのか?

しかし、その状況を救うのは自分しかいない、と強く感じました。

そう思った翌日から、自分自身を救うために自分だけの秘密練習を始めました。雨でも、嵐の中でも、休日返上で一人早朝から公園まで走り、自主練習を数か月間積みました。

その結果、その年の秋、全日本インターカレッジで優勝し、自分の弱さを自分自身で雪辱することができたのです。

# 「笑顔」は平和をつくり、品格を育てる

**“Smiles” create peace and develop dignity.**

私は、高校3年生の時に、陸上競技で400ｍを専門に走っていました。

私にとって400ｍ走は、心臓と大腿筋と最後の方は大臀筋が死ぬほどつらい競技でした。100ｍ走は直線を13秒くらいで走り終えますが、400ｍ走は初めからハイスピードでグラウンドを一周する短距離走なのです。

そもそも、400ｍ走が専門になる前は、走り幅跳びと200ｍ走を専門にしていましたが、私の記録ではインターハイは無理かもしれないということで、監督から「400ｍを走るように」と忠告されたのでした。

その理由は体型にありました。

高校1年生の頃、走り幅跳びでは5ｍ60㎝の記録を出し、200ｍ走も県内ではトップの成績だった私が、3年生になると、この時期の女子特有の体型変化が表れるようになったのでした。練習しても体重は増え、体が丸みを帯びてきたのです。

体重増加の原因を母の作るお弁当のせいにして、ご飯を少なめにするように言いました。母は毎日、小さくしたお弁当のスペースにお餅の形のような少量のご飯を入れた弁当を持たせ、心配してくれました。

高校生になると女子には体の変化が起きますが、高校3年生になった私は、その変化が顕著でした。

学校のために好成績を残すことは、特待生で入学した私にとっての任務です。高校最後の年のインターハイ出場が無理かもしれないなら、死ぬよりつらい400m走が最後のチャンス。実行するしかありませんでした。

最後の年の試合は、走り幅跳びと200m走に加え、400m走の3種目に出場することになりました。

3日間でこの種目の予選・準決勝・決勝を走り、さらに走り幅跳びもこなすのですから、息つく暇のないすごいスケジュールでした。

県大会では全ての種目が優勝と準優勝となり、次の大会にも出場できることが決まりました。

次の大会で上位6位までに入れば、インターハイ出場の資格を得ることができる。最後のチャンスに6位入賞は必須でした。3種目全てで次の大会に出場した私は、走り幅跳びの踏み切りで右足首の複雑捻挫(ねんざ)をしてしまいました。200m走の決勝で7位となったあとの走り幅跳びでした。

皮肉にも、望みの綱である400m走の決勝を一本残しての大怪我でした。

捻挫の痛みの中で、決勝は走らずに済むのでは……と内心で思っていました。

「もう幅跳びは諦めなさい。次の400m走決勝で思いっきり行け！　お前なら走れる」

監督の信じられない一言でした。

耳を疑いましたが、すでに腫(は)れ上がっている足で一時間後に走ることになりました。決勝のスタートラインで、「こんな足じゃ無理だ」と弱気になる自分がいました。そう思うと気が楽になるのでした。どこかで、やめようと思ったからです。

苦しいレースが始まり、不思議なことに捻挫の痛みはなくなり、周りの声援がはっきりと聞こえ始めました。どこでやめるかを考えている間に、ゴール。

その足で私は優勝をしていました。

走り終えた私の足首は、風船のようにパンパンに腫れ上がっていましたが、ついに、念願のインターハイへの切符を手に入れることができたのです。

毎回400m走を走るレース後半の私の顔は、眉間のシワが刻まれ苦しい顔ばかりでした。特にゴール直前の顔は最悪で、「私は苦しいのです!!」と絵に描いたような形相でした。

常に監督から「お前の顔はいかん。顔から苦しさに負けている！　最後は笑顔を浮かべて走るくらいになりなさい！」と言われ続けていましたが、私は「嫌いな競技なのに、苦しい最中に笑顔がつくれるか！」そう心の中で言っていたものです。

その後、大学生になり、陸上競技を続けていた私の種目は、８００ｍ走と１５００ｍ走でした。

距離も長くなり、相変わらずの『眉間のシワ』は健在でした。

休日に、同じ寮生だった体操競技をする友人の練習を観に行きました。演技の後半になっても笑顔で続ける友人に、「どうして笑顔でできるの？」と訊くと、「得点を争う競技だから、演技の中で表情は大事なの。審査員への印象が得点に影響するから」と答えてくれました。

「特に、誰もが後半は苦しい。けれど、苦しみのどん底の中で笑顔をつくれるということが大事なのよ。苦しみの中で笑顔になった方が、自分に暗示がかかるし」

私はハッとしました。

高校の時に言われたことは、そういうことだったのか!

苦しい時こそ、笑顔になる。

顔は自分の感情を表す鏡だから、苦しい時に苦しい顔をすると、体もメンタルも苦しくなり、力が出ないのか!

それを知った時から私は、猛練習の中で、大会では笑顔で走るようにイメージをつくりました。

大学2年、国立競技場で行われた全国インターカレッジ。

８００ｍ走の決勝、一番苦しくなる2周目のラスト２００ｍで私は、自然に笑顔で前方の選手を抜き、笑顔でゴールテープを切ることができました。

初めての全国優勝でした。

「笑いや笑顔には、ナチュラルキラー細胞という免疫細胞を活性化させ、免疫力をアップする効果があり、病気の予防にもなる」という研究結果があります。「つくり笑いでも、口角を上げて微笑んでいるだけで表情筋の動きは脳に伝わり、一人で過ごす時間に免疫力を高めることができる」といいます。

にっこりと笑顔で挨拶を交わすだけ。人と笑顔で向き合うことで、お互いの免疫力がアップするそうです。むっつりと無表情でいるのは、せっかくの免疫力を高める機会を逃していることになります。

アメリカの心理学者トムキンス氏が発表した『顔面フィードバック仮説』があります。

笑顔になることで顔の表情筋が刺激を受け、それが脳にフィードバックされると、ポジティブな感情が生まれるという仮説です。

「顔の筋肉は、感情をつかさどる脳のA10神経群が密接に関係していることから、脳科学の視点からも、笑顔を浮かべていると脳が楽しいと勘違いしてポジティブな思考になりやすくなる。反対に、深刻な顔をしているとポジティブな気持ちにはなりにくいとも言える」ということなのです。

自分の顔が深刻になったら、自発的に笑顔をつくってポジティブな気分にする。

笑顔は、自分も周りも平和にするのです。

# 10年先をリアルに想像する

**Imagine the future in 10 years' time in a realistic way.**

23歳から36歳まで、私は女子高校の保健体育教師をしていました。

休育館やグラウンドでの実技以外に、教室では保健の授業を週一回だけ教えていました。2年生を9クラス受け持ち、『将来設計を考える』という授業をした時のことです。


「さて、今日は17歳の皆さんに、未来の人生設計を描いてもらうことにします」

と、プリントを配りました。

「大学に進学する人は、何を学んで卒業するか。就職する人は、どんな会社に入社して働くか。そこがスタートですね。その後は、勝手な想像でいいですからね。恋愛とか失恋とかさまざまなことを経験するでしょうが、それはさておいて、何歳でどんな人と結婚し、2人の住居はどこにするかなどを想像力を豊かにして記入してください」

「それと、皆さんが今住んでいる所の地価相場って分かるかな？　結婚して住む場所は地価相場で家賃が違うので、月々の家賃を具体的に考えてね」

まだ17歳の女子高生が踏み込む、未来のリアル。それに向き合いながら、空欄は埋められていくのでした。

「何歳の時に子供を産むか、勝手な空想として女の子か男の子かなどなど、ついでに名前を付けてみてもいいですよ」

自分が母になる日を想像しながら「まずは、女の子だな~」「名前は〇〇ちゃんで、2年後には男の子の〇〇君」などと、夢見る乙女たちの盛り上がる教室内。

「結婚して自分が働かないなら、結婚するダンナさんのお給料は毎月幾らなら大丈夫ですか？　そして、仕事をしている人は、何歳まで続けるかも考えてみようね。結婚後に仕事をしていない人は、その後にどんな仕事をするか、自分は何を始めると思うか想像してみてください。10年ごとに記入してみてくださいね」

設計図に書いた10年後の自分と、現在の自分。未来のために今から何をするべきかを徐々に考え始めていきました。

私が大学生だった頃、50歳を超えた父は「もっと子供を持っていればよかった」と、何度となく言っていました。私は、姉と兄がいる3人兄妹でしたが、当時18歳の私は、『大きくなってしまった我が子たちに感じる一抹の寂しさ』だと思いました。また父の言葉から、「人生にはリミットのある挑戦と、リミットのない挑戦がある」と強く感じるのでした。

結婚して私は5人の子供を出産しましたが、30歳で長女を出産、40歳で5人目の子供を出産したあの10年間、先が見えず、終わりなき闘いの日々でした。しかし、父の言葉を思い出し「リミットがない挑戦なら、子育てのあとにスタートすればいい。子育てができる時期は今だけだ」と思うようにしていました。

だから、60歳を超えた今の私は、父のように「もっと子供を持っていればよかった」と思うことはありません。ずっと続いてきた子育ての期間は、さまざまな立場から経験を重ねることができたし、子供たちに力を引き出してもらった時期だと思っています。女性しか経験できない十月十日(とつきとおか)の体を5回体験し、そのたびに出産のゴールと、そこから始まる新たなスタート。産み終えたら、あれもできる、これもできるという思いを膨らませてきたし、いつもその先の10年を考えていました。

保健の授業で、10年後20年後の自分と向き合い、目を輝かせて未来に飛び出していた生徒たちは、まさに私そのものだと思いました。

机の上に人生設計を広げるように、俯瞰(ふかん)して自分の人生を考えると、『今やるべきこと』『今しかできないこと』『今だからできること』が見えます。

何歳からでも、10年後の自分をどのように育てていくかという『10年設計』を立てる。それは、理想の自分づくりとして何を積むかという『挑戦』へのスタートです。幾つになっても、高校生のように自分計画を立てることは素敵なことだと思います。

例えば、英語が流暢(りゅうちょう)に話せる10年後の自分を目標にしたのなら、その資金を貯める3年間計画を作り、達成したら、英会話スクールに入学してからの計画表を作ります。入学後、7年で英会話をマスターしましょう。さらに、10年後にピアノを美しく弾ける自分をつくるなら、英会話と同じスケジュールを立てて、実行すればいい。太った体型から見事なプロポーションに変身したいなら、今から無理のない食事療法を3650日間続ければいい。

ついに、計画実行から10年後の自分は、『ピアノが弾けて流暢な英語を話す、ナイスバディーな自分』が出来上がるはずです。

未来は誰にでもあります。自分を10年育てたら、今よりももっと素敵な自分と会えるのです。

小さなことからでも、10年間計画を貯金のようにコツコツと積み上げる。今からスタートして10年後にゴールを迎えたら、その先の10年もコツコツと育てていく。

自分を育てるのは自分の毎日なのです。

# 逆境とピンチは
# 才能を引き出してくれるチャンス

Adversity and crises are

opportunities to show your ability.

小さい頃、電気店を営んでいた実家には、修理先をメモする大きな黒板がありました。電話が置かれた机によじ登って、私はその黒板にいつも絵を描いていました。修理先のメモを避けながら描いた私の絵を、両親はいつも褒めてくれるのでした。私は小さい頃から絵を描くことが好きで、美術に興味を持っていた少女でした。

しかし、その後の高校時代も美術女子ではなく、陸上競技に明け暮れる部活女子になっていました。陸上競技の優秀競技者として、授業料免除の特待生入学をしたからです。実際は、入学直後から始まった連日のつらい練習に、その選択は間違いだったと思う日々の連続。「この3年間を耐えたら、美術の大学に進む!」と、毎日心に誓っていた私でした。

日々のつらい練習に耐えた3年間は、皮肉にも嫌いで仕方なかった400m走でインターハイ出場をかなえました。県の高校新記録も達成し、私は大学にも授業料免除の特待生で入学しました。

高校時代、卒業したら『美術の大学に進学』の道は選びませんでしたが、大学入学後は、1年生で国体800m走で3位、日本インカレで2位、そして大学2年生と3年生で日本インカレ優勝を手にできたのです。

大学卒業後には女子高校の体育教師になったため、『美術への思い』はますます遠のいていくのでした。

体育教師になって3年目。

同期が担任に任命される中で、私だけ名前が呼ばれませんでした。私に対しての「教師としてはまだまだです」という評価と感じ、挫折感と劣等感に包まれる日々でした。

「私は認めてもらっていない」という思いから、授業がない時間の職員室で、すっかり遠のいていた絵を描くようになりました。白いスケッチブックに頭に浮かんだ世界を描く時間が、私を無心にしてくれるのでした。

太く柔らかで濃いBの鉛筆、薄くて硬いHの鉛筆を使い分けながら、海から飛び出した魚が突然、女性に変化し、女性の手からまた魚が泳ぎだす。

授業が空いた時間は、瞑想（めいそう）をするように鉛筆画を描いて、それをためていました。

ある日、私の絵を見ていた隣の先生に声を掛けられました。

「今度、趣味でやっている彫金の個展を画廊喫茶でやるの。一緒にどうですか？」

定年直前の世界史の先生でした。

「やります。でも、作品数が少ないので、これから家でも何枚か描きますので、一緒にやらせてください、よろしくお願いします!!」と胸を躍らせました。

個展が迫ったある日のこと、電車のドア横に寄りかかりながら作品を描いていると、絵の上に名刺を差し出してくる人がいました。見上げると、スーツ姿の男性でした。

「突然に失礼しました、私は〇〇出版社の者です。実はお願いがあります。ホテル・ニュージャパン火災で九死に一生を得た方を記事にしておりまして、その方の体験を絵で説明していただけないかと思い、声を掛けさせていただきました」

電車でスカウトする人なんて、いるか？――と用心していると、降りる駅が偶然一緒でした。

「原稿がここにあります。これを読んでいただいて、燃え盛る炎の中、シーツを使ってどうやって窓の外に逃げることができたか、一週間でこのサイズに描いていただけないでしょうか？　資料はここに入っています」

と渡され、それを引き受けることにしました。

個展を終えた私は、すぐに雑誌の原稿に向かい、イラストを描き始めました。長い原稿をじっくり読んで、誰もが分かる一枚の絵にする。絵には文章を読ませるチカラがある。重要な役目だと思って本気で描きました。初めての経験でしたが、伝える手段が違うだけで、教師のやっていることと同じだと思えました。

仕上げた絵を担当の男性に渡す日、出版社まで出向きました。そして、担当者からなかなか良いと絶賛されたのでした。

落ち込んでいたところへ出展のお誘い。そして、作品を描いていた電車内でのスカウト。それが小さい頃からの憧れにつながったのでした。

雑誌の発売当日、ワクワクしながらページをめくると、ホテル・ニュージャパンの記事に私のイラストがありました。そして右下には、私のペンネーム。

新しい世界を見た気がしました。

教師としては認められなかったことに落ち込んだ私でしたが、新しい自分を発見したことで、「誰からも評価されなくても、足りない部分はしっかりと反省する。後ろ向きに考えず、自分らしい大きな心で生徒に向かえば道は開ける」と思えたのでした。

その後も、体育の教師と並行して、ティーン雑誌、アウトドア雑誌、クッキング雑誌、主婦向け雑誌、陸上競技の専門雑誌などのイラストを描くようになりました。

中でもサッカーの専門雑誌では、Ｊリーグ誕生前から開幕までの３年間、連載ページでイラストを担当させていただきました。毎回、出版社から送られてくる筑波大学の教授の文章を、一枚の絵にする作業です。ヨーロッパのクラブチームの視察を重ね、Ｊリーグを誕生させるまでを読みながら、貴重な仕事をさせていただけました。そして、文章を読み、それを一枚の絵にする作業は、生徒に分かりやすく教える作業と同じだと思えたのでした。

仲間に追い越されて、自分だけ取り残されたことは、つらいことでした。評価のことばかりにとらわれ、ネガティブなことばかり考えていた中、憧れていた現場とつながり、それが教師としても役立ち、前向きな転機となりました。

そして、その翌年に副担任を任され、その次の年には念願のクラス担任に抜擢されたのでした。

# 飲まず食わず努力すれば「最善の道」は見つかる

**If you focus your efforts,**

**"the greatest path" will open up for you.**

30年前、3番目の子供を産んだばかりの教師時代のことです。夫は遠方での単身赴任生活。一人で一生懸命に頑張っており、私も長女と次女、そして生まれたばかりの三女を育てながらの時でした。

三女の産休を終える前に、クリアしておかなければならない問題がありました。私一人で、まだ3か月弱の赤ん坊を保育園に預け、その保育園から少し離れた保育園に上の子供たちを預けるには、どうすればいいかということでした。そして何よりも大変な問題は、子供をそれぞれの保育園に預けたあと、8時45分に出勤していなくてはならないことでした。「平和な日本だ、必死に探せば道はある」と信じていた私でも、これだけは難問なのでした。

解決策をひねり出し、考えました。

有力な解決案1：夫の母に物理的に応援してもらうため、夫の母と同居すること。
有力な解決案2：勤め先の学校の近くに引っ越すこと。

1の案は、義母も仕事をしており、夫の兄と同居だったため、かなり難しいものでした。

2の案は、真剣に勤務先近くのアパートを調べてみましたが、新たに3人の保育園を見つけることはできませんでした。他県をまたぎ、乳児と幼児を途中で預ける手続きにも時間がかかる困難な案でした。

実は、住人に対して厳しい条件が当時のマンション住宅にあり、『ペット不可』に並んで『子供不可』が当たり前であったのです。

ほかの住人から、小さい子供の足音や泣き声のクレームが多くあり、当時の物件には乳幼児のいる家族の入室不可が多かったのでした。将来の日本を牽引し、我々の未来を支えてくれる子供の存在なのに、「子供はダメ!!」。ペットの扱いと同じ条件が多かったのです。

『朱鷺』のことを思いました。

戦前までは、何羽も大空を淡いピンクの羽で染めていた、美しい日本の鳥『朱鷺』のことです。

のどかな農村にも、資本主義の流れが押し寄せ、土地の開発による樹木の伐採や農薬使用に方向転換。そして、その農薬によって朱鷺の餌となるカエルやドジョウなどの小動物が姿を消し、餌場や巣作りをする繁殖場もなく、徐々にその姿が減っていったのでした。それまで当たり前のように暮らしていた朱鷺が、金儲けしか考えない人の身勝手で、たった数羽しかいなくなり、絶滅危惧種になりました。

この時代の日本で、私の子供たちが、そんな朱鷺と同じ運命をたどろうとしていると思うと、悲しくて悔しくて仕方ありませんでした。

国にとって子供は大切な財産なのに、マンションでは邪魔者のように扱われている現状に、疑問を通り越して怒りが込み上げていました。

そんな怒りの中、保育園が開園する時間と3人の子供たちをそれぞれに預ける時間、そのあとに駅まで急ぐ時間を考え、家から勤務先までの交通機関を必死で調べました。すると、条件を満たす方法が見つかったのです。

飛び上がるほど嬉しかったその方法は、新幹線通勤でした。

家から各々の保育園に子供たちを預け、新幹線に間に合うように走って移動する。20分弱で駅に到着したら、自転車で勤務先に急げば、なんとか間に合う！　自転車は駅の月極駐輪場を借りる。バッチリなイメージが描けました。

しかし、まだまだ問題がありました。

一か月の新幹線の定期代でした。夫に協力してもらっていても、この出費をなんとか工面する方法を考えようと案を練りました。

そこで、ひらめきました。産休明けまでの日課として、在宅でできるイラストの仕事を朝刊の求人広告欄で探すことでした。

幸い、その数日後に、近刊予定の求人広告雑誌でイラストレーター募集の記事を見つけました。一点１０００円のイラストを月に１００点描いて、月末に納品するという仕事です。教師をしている私にとって、描く量が多いことは大変でしたが、このチャンスを逃すわけにはいかないと決めました。

このチャンスには実技の試験がありました。採用面接当日、帰宅していた夫に子供たちを預かってもらい、ロットリングペンと何枚かのスクリーントーンを持参し、会場へ乗り込みました。

決められたテーマのイラストを、5つのタッチで描き上げる30分以内のテストでしたが、早いのが取り柄の私は、15分で5つのイラストを描き上げ提出。100人いた応募者の中、採用枠10名の狭き門を突破することができたのです。

夫が現状を区役所に伝えてくれたおかげで、すぐに区立保育園の入園が決定し、さらには開園の時間を15分早める措置も施してもらうことができました。

産休が明け、子供たちをそれぞれの保育園に預けた後、在来線と新幹線と自転車の通勤が予定していた通りに始まりました。

区の措置によって、自転車を必死で漕がなくても、出勤時間に間に合うことができました。まるでトライアスロンのような一年間でしたが、子供たちがいたおかげで乗り越えることができました。必死に考えたら、必ず道は見つかると信じています。

夢の鞄を持って歩けば、
いつか開ける日は来る

**If you keep hold of your dreams,**

**opportunity will open up for you.**

教師をしていた私は、教師になってからも『夢の鞄（かばん）』を持ち続けていました。

夢の鞄とは、小さい頃に描いた夢が入った鞄のことです。

一般に、社会人として仕事を持ち、年を重ねていく旅路の途中に『夢の鞄』を開けないまま置いてしまうものです。その理由もさまざまでしょうが、開けることがないままというのが大半です。生徒たちにも、「実現できなくても、夢の鞄は持ち歩くことだよ」と言っていました。

私の場合、小学生の頃からの「絵を描く仕事に就きたい」という夢を体育教師時代に手に入れましたが、もう一つ、小さい頃からの夢がありました。それは『歌手になる夢』でした。

私が高校生の頃はフォークソングの花盛りの時代で、吉田拓郎ファンの兄の影響もあって、独学でギターの弾き語りをしていました。

特に、陸上競技で記録を追い続けた大学生の頃、寮の部屋で後輩たちを前にギターを抱え、自作の曲を歌っていると、記録を追うことから解放され、違った自分になれることが嬉しかったのでした。


大学を卒業し、教師になると、授業の準備や行事、部活動などの仕事に明け暮れ、『夢の鞄』を開けることなど考えられない日々が続きました。

体育ではダンス授業が必須であったので、授業で使用する曲を選ぶのが楽しみでした。メインの創作ダンスの授業では、表現したいイメージを曲でつかむことが一番大事であることを教えました。イメージの使い方の参考に、マイケル・ジャクソンの『スリラー』を観せることもありました。

受け持ちのクラスごとに、最後の授業で発表するグループごとの作品は、曲のイメージを見事につかんだ素晴らしいものばかりでした。採点する私は、ビデオを録画しながら感動の涙が止まらずにいました。

全ての作品に、真剣に取り組んで作った教え子の思いがあふれ、「教師って、なんて素晴らしい仕事なのだろう。これこそ、天職だ」と思うのでした。

そんな一年間の最後の授業のことです。

「今日は最後の授業だから、先生は皆さんに歌を唄います。皆さんと初めて出会った時を思って、感謝を込めて唄うので、目を閉じて聴いてください」と言い、唄い始めました。

目を閉じて聴いていた生徒たちも涙していました。

ところが、私が生徒の前で唄っている光景を見ていた他の教科の先生に、「あなたは体育の先生なのに、授業中に歌を唄うというのはどういうことですか？　教科が違いますよ」と言われてしまったのです。

歌を唄うということは『教科外』だからダメなのだろうか？

教師って何だ？

私は体育教師として、走り方、ボールの投げ方やハードルの跳び方、バドミントンのシャトルの打ち方、バスケットボールのパスやシュート、バレーボールのトスやアンダーパス、オーバーパス、スパイクや、ゲームのルールなどを教えている。

走り高跳びなど社会人になってからは必要なことじゃないのに、大学受験に関係ないのに教えている。

じゃあ、私は彼女たちに必要なのか？

いや違う。私は社会人として、生徒たちに『体育』を通して大切なことを伝えているのだ。嫌いな種目も、それができるようになった時の喜びは社会で役に立つのだ。体で表現すること、音楽と一体になることは素晴らしい教育なのだ。

学校にはいろいろな先生がいる。生徒にも得意・不得意や好き嫌いがある。それは社会に出る前の生徒が体験する擬似社会。そして、それを担っているのが各教科の教師なのだ。私と生徒たちが一年を通して築いた絆は、誰よりも私がよく知っている。

最後の授業で、私という社会人が『体育教師』として心を込めて歌を唄うことの、どこに間違いがあるのか？　目を閉じて涙を流してくれる生徒たち。それも『教育』ではないのか！

そんな思いが信念として強くなるのでした。

教師になって間もなく、陸上部の顧問として部員を指導していた時のことです。

20名の部員に女子特有の揉め事があり、チームワークが取れない状態になっていました。なんとかして、彼女たちの心を一つにして練習に集中させたいと考え、全員を一つにする歌を作ることにしたのです。

帰宅後のアパートで部員のことを思いながら、夜遅くまでギターで曲を作り、翌日の昼休みには部員全員を部室に集めて、作った曲を持参したギターで歌いました。

部員たちは全員、涙を流して聴いてくれました。

「この歌は、三部合唱で作ったのよ。みんなでパートを分けて合唱を練習してくれる?」

翌日から、昼の練習は歌の練習です。作った歌は、その秋の文化祭にギターで唄うことになりました。「陸上部が合唱するなんて」と言われそうでしたが、見事なチームワークで、素晴らしい合唱と共に全員にチームワークが生まれ、陸上の練習も一生懸命にするようになったのです。

13年間続けた体育教師を退職すると決めた日の夜に、全校生徒の前でどんな挨拶をしようかと、3人の子供たちの寝顔を見ながら考えていました。

すると、以前テレビで両腕を失った若い女性が唄っている姿が、ふと頭の中に浮かんだのです。その女性は、「両腕がない私の挑戦は、歌で人々を感動させることです」と言って『Amazing Grace』を唄っていました。

両腕がなくても自分の信じた夢に向かう女性の話を伝えて、私もこの歌を唄い、最後に全校生徒たちに届けようと思いました。

そして退職の日、全校生徒たちの前で、13年の思いと私の夢のために『Amazing Grace』を唄いました。

『夢の鞄』にあった『歌手になりたい』は、テレビやラジオで自分の歌が流れ、綺麗な衣装をまとって、大勢のファンにキャーキャー言われる人のことだったのかもしれません。歌は、伝えたい思いをストレートに伝えるすごい力がある。そうならば、綺麗な衣装をまとい、キャーキャーとテレビで言われることだけが、私が抱いていた『歌手』じゃなかったと。

今でも私は、音楽と共に生きています。

#「困難」は成長のためにある

**"Problems" exist to help me grow.**

13年間勤めてきた体育の教師を退職すると決めた時のことです。

当時、4歳と2歳と0歳の子供を抱えながらの最後の教員生活でした。

夫は6年間単身赴任の生活だったので、子育て中心に仕事をする生活を、私一人でこなさなくてはならないのでした。

一日24時間。

前日の夜に準備すること――。

起床の時間から次にやること――。

保育園に子供を預ける、通勤電車を乗り継ぐ、新幹線に乗車する、自転車を漕いで学校へ――。これが朝のルーティンでした。

3番目の子を出産してからわずか3か月の体だったので、授業の合間に、張ったお乳を保健室で搾(しぼ)りながらの日々でした。

仕事を終えると、朝の逆ルーティンで保育園へ子供を引き取りに行きます。帰宅してからは、子供のご飯に洗濯、翌日の支度をし、子供を寝かせてからイラストを描いていました。週末に帰ってくる夫も仕事をしていたため、一年間は、そのような生活の繰り返しでした。

私がイライラすると子供は熱を出しました。教師として休んではならない日に限って熱を出すのです。今考えれば、子供たちが健康でいてくれたからこそ、そんな生活ができていたのだと思います。

前もっての準備や困難なことの想定と、危機意識は常に持っていました。この一年間で、私は大いに成長できたのです。

その後、5人の子供の母親となった私は、夫の仕事のサポートを始めました。

給与計算、経理、広告制作など、それまで経験できなかった仕事に取り組みながら、多くの勉強をさせてもらいました。

そして、末の子供が5歳になった2002年から2年間、単身で子供たちと一緒に渡米することになったのです。会社都合のアメリカ行きで、夫は日本に残らなくてはならず、私と一緒に行ったのは、下から5歳、9歳、11歳、13歳、そして15歳の子供たちです。

子供たちにとって慣れない生活で、頼れる人は母親である私だけの船出でした。

しかし、私の心はワクワクしていました。

このアメリカの生活は2年間でしたが、多くのことを学びました。

会社設立の手続きで市役所に書類を持参し、子供たちの学校の入学に関わる手続きをするなど、誰にも頼らずに全て英語でこなさなくてはなりませんでした。渡米一年目の経験で体得した私の英語力では、なかなか大変な作業でした。

そんな中、最大なる困難が起こったのです。交通事故です。

高校生と小学生の2人を留守番させて、子供たち3人と車で買い物に行った帰りでした。毎日行くスーパーマーケットの道、家までもうすぐという距離に差しかかった時のこと、突然、スポーツカーが私たちの方に向かってきたのです。フリーウェイから降りてきた車でした。私の車は青信号を通り過ぎる直前で、スポーツカーがかなりのスピードで接触し、私の車の右後方部に衝突しました。その衝撃と共に、私の車はスピンを繰り返したのです。

私の大きなGMのバンは、対向車線にはみ出して路側帯にぶつかり、元の車線の信号機に激突して止まりました。正確には、信号機のボックスに衝突しました。

道路の真ん中に止まっていた相手の車は、ワーゲン社のピカピカのスポーツカーでした。エアバッグが飛び出した側で、白人の運転手が携帯電話で話をしています。幸いにも、同乗していた子供も私も、相手の運転手も奇跡的にかすり傷程度で、全員に怪我はありませんでした。

相手の運転手が連絡したので、間もなく警察がパトカーで駆けつけ、私と相手にお互いが近寄らないよう注意し、全ての処理はそれぞれの保険会社に任せるように告げて交通整理を始めました。

しばらくすると一台の車から女性が降りてきて、何やら警察官に話をしています。私の前に立つと、「この人の車が信号を無視していました」と告げたのです。彼女は車でやってきた目撃者でした。気が動転していたので「通い慣れた道だから、信号無視はしていない」と反論しようにも、英語で反論できません。目撃者の証言によって、とうとう私の過失になってしまったのです。

それから私の事故車は、買い物した品物を積んだまま、レッカー車で別の場所に運ばれていきました。フロントガラスと、前方両サイドのドアガラスが粉々に割れてしまい、ドアは外れ、タイヤは前輪がパンクしています。この状態で、誰にも怪我がなかったのは奇跡でした。

パトカーの中の警察官がタクシーを呼んでくれましたが、私は小学生と中学生の2人の子供をすぐ近くの自宅まで走って帰らせ、留守番をしている子供たちに知らせてもらうようにしました。私と5歳の子供は、雨の中を傘もなく突っ立ったまま、パトカーの横で一時間以上タクシーを待ちました。

到着したタクシーを見ると、警察官は「帰ったら自分で保険会社に連絡して、事故の説明をしてください。そして、簡易裁判所でお金を支払ってください」と告げ、簡易裁判所に提出する切符を私に渡すと去っていきました。

私は自宅に戻るや否や、保険会社に電話しました。

相手の顔が見えない電話で､必死に事故の状況を英語で説明すると､保険会社から「相手の運転手や保険会社からの電話には出ないように」と言われました。

後日、ほかの車を運転して簡易裁判所まで切符を持っていくと、列をつくっている人たちがいます。そのほとんどはメキシコ人、インド人、我々のようなアジア人で、白人は見かけませんでした。罰金を支払うと、受験票が渡されました。受験票には事故を起こした人が行く学校の住所が書かれていて、その学校で試験を受けることになるのです。

後日、簡易裁判所でもらった学校の場所が違っていて、私と同じ状況のインド人の男性の車に乗って試験場に行くことになりました。見知らぬ人と2人という不安はありましたが、選択はこれしかなく、その方はシリコンバレーで有名な会社の方だったので一緒に行くことにしました。

2人だけの車中で、なんとか共通の話題を見つけようとしても、拙い英語力のため話は尽きてしまいました。そこで私は、その沈黙を埋めようと歌を唄うことにしたのです。坂本九さんの『上を向いて歩こう』――SUKIYAKI songでした。「異国の地で落ち込んじゃいられない」という意味で、この歌を唄いました。話題は日本のことになり、私は着物の話と、「日本の文化を広めるために、これから世界に行く」という話をしていました。

試験場のアクシデントはありましたが、見知らぬインド人のおかげで、無事、試験に合格。壊してしまった信号機の弁償もCupertino Cityに払い、数日前の買い物がそのまま載った事故車を引き取りに行き、全ての事故処理が完了しました。

単身の渡米とは違い、常に子供のことを考えながら仕事もしていたアメリカ生活は、さまざまな困難の連続でした。中でも、アメリカでの交通事故にはさすがに参りました。しかし、誰にも甘えることができない状況だったからこそ、成長できたのだと思います。何よりも、子供たちが大いに成長できましたし。

# 常に地球を分母に考える

Always think of the earth as

the denominator.

20年前、夫に同行して3泊の予定でニューオリンズの学会へ行った時のことです。世界各国の方々が集まる会場に、心も躍りました。観光以外の目的で海外へ行くことが初めてだった私には、とても新鮮だったからです。大きなコンベンションセンターには、最新の医療機械やプレゼンテーションのブースが並び、カフェもあって、合間にはクッキーやキャンディを自由に頂くことができました。夫がここに参加した目的は、世界から集まる最新機器の技術を見ることと、情報を仕入れること。真剣な夫を横目に、カフェでくつろぐ私でした。

学会日程の2日目には、予約したディナーに出かけました。ディナー会場は、ニューオリンズの海岸に停泊している大きなフェリーでした。船に乗り込むと、指定された16名の円卓で世界各国のドクターたちが楽しそうに話をしています。

すると、お隣の方が話しかけてきました。

「Where are you from?」だと思い、

「Japan」と答えました。

「Oh! Japan!! Japan has beautiful mountain. I love Mt. Fuji! Have you ever climbed Fuji mountain?」

富士山に登ったことがない私でしたが、「Yes!」と言って、その後は質問されても笑顔で頷くだけと決めていました。

その結果、私とお隣の会話は、たった60秒ほどで終了したのでした。

なかなかお会いすることができない世界の方々とテーブルを共有し、音楽を楽しんでいる今、私はテーブルの上のクチナシの花となるしかありませんでした。

「なんて、もったいない!」と、自分の英会話の乏しさに不甲斐(ふがい)なさを感じました。

世界を知り、見識を広げるチャンスなのに、それが無碍（むげ）に目の前からスルリと消えていくような実感に包まれるのでした。

帰国後、すでに子供が5人いる状態ながら、「英語が話せるようになりたい」という思いに火が付き、週3日のペースで駅前留学に通い、英語脳を鍛え始めました。

そして2年後、そのチャンスが到来します。夫の仕事の関係で、私は5人の子供を連れて、単身でアメリカに行くことが決まりました。

住居が決まると現地の運転免許を取得し、入学手続きを終えた子供たちの学校への送り迎えのかたわら、夫の代わりに現地法人の副社長として働きました。そして、英語のスキルアップのため、語学学校の生徒にもなりました。

アメリカの生活には、たくさんの気付きがありました。

会社で現地の人を雇うことになり、日本語が話せる日系アメリカ人を募集しました。しかし、「日系アメリカ人募集」はタブーになります。「日本語が話せる」は大丈夫です。質問に「お年は?」と年齢を訊くことはタブー。

理由は、不採用の場合に、面接でのプライバシーに関わることや年齢、男女や宗教などの質問をしたことで、不採用の原因として訴えられるのです。面接では『資格』『スキル』『点数』など、客観性のある質問だけにしなくてはなりません。

今から約20年前の体験でしたが、アメリカは移民社会であり、多様性に満ちた社会ということで、日本と全く違う点をしっかり認識しておく必要がありました。

その一つ、アメリカでは外国人が働くことに対してはかなりナーバスで、外国人が働く=アメリカ国籍の人の失業につながることに直結していました。

大統領の政治手腕指標は『失業率』で判断される重要な要素なのです。

今も外国人がアメリカで働きたくとも就労ビザを取得するのは、なかなか大変なことです。最近、特にビザの問題が厳しくなったのは、2001年の同時多発テロ以降です。ビザの問題は『移民法』で決められますが、その時の失業率の変動で頻繁に変わるのでした。

日本で暮らしていたら知り得なかったことは、自分の人生での気付きとなる。

それは同時に、国際人に近づくことなのでした。

子供たちの学校は、公立の現地学校に通わせました。当時、子供たちの英語力よりも私の方が上だったため、幼稚園、小学校、中学校、高校から持ち帰るプリント全てに目を通し、対応するのは私しかいませんでした。

ある日、小学生の我が子が持ち帰ったプリントは、停学処分の案内でした。

「お子さんたちが学校にナイフを持ち込んだので、停学にいたします」停学は2日間。

アメリカの学校は入学時に宣誓書にサインをするのですが、「友達を故意に叩いたり押したりしません」「学校にナイフを持ち込んだら停学処分になります」と書かれており、それに同意した上での処分でした。

日本で停学になるのは、高校生が受ける処分という認識しかなかったので、義務教育の子供が処分を受けることは相当なショックでした。持ち込んでいたナイフは鉛筆を削るためのカッターで、床に落とした筆箱から出てきたということでした。2人の子供が停学処分を受けることは仕方ないことだったのです。

アメリカでは小さい子供の頃の教育が最も大切で、多国籍の親に育てられる環境下では「先生や友達に暴力を振るわない、危険なものを持ち込まない」という約束が徹底されているのでした。

多くの移民で成り立ってきたアメリカにとって、国民を守るのは市民宗教といわれる

『アメリカン・ルール』の法律なので、子供の頃から『宣誓』を最も大切な基本として教育されていたのです。

アメリカ生活に随分と慣れた頃、日本を離れ他国にいる意識からか、日本の甘さや、日本の良さに気付くことが多くなりました。

10年ほど前、手塚治虫先生の執筆部屋に行かせていただいた時のことです。

案内してくださっていた方が、こんな話をしてくださいました。

数多くの作品を描いていた手塚先生に、

「どうして、そんなアイディアが幾つも出てくるのか?」

と質問をした時に、手塚先生はこうおっしゃったそうです。

「宇宙からの目と、虫の目で考えて描いているからね」

私はいつも、物事は一方向からだけではなく、高い目線から、低い目線から、そして、他者の目線に立って、さらに歴史から、地球を分母に考えようと思うようになりました。

# 人生はギャップで輝く

**Life shines through the gaps.**

アメリカにいる時の私のスタイルは、ジーンズにTシャツ姿でした。5歳から15歳までの5人の子供たちと暮らした忙しい2年間は、楽が第一のカジュアルスタイルばかりでした。日中に語学学校に通っていましたが、校内では校長先生を除いて、46歳の私が一番年上でした。学生たちからすれば、私の年齢は母親と同じくらいだったのです。

数年前まで体育の教師だった私は、学生たちを誘ってバレーボールクラブをつくりました。休日はアパートのコートに集まり、自作の得点表を用意して試合をしました。ビーチボールの盛んなカリフォルニアのアパートには、砂のバレーボールコートや共有のプールがあることが珍しくありませんでした。

私は日焼けするのが大好きだったので、日焼け止めなどを塗らずに過ごしていましたが、車の運転中はフロントガラスからの日差しで目が潰れてしまうほどだったので、サングラスは必須アイテムでした。そんな毎日の出立ち（いでたち）は、真っ黒に日焼けした体にジーンズにTシャツ。ターコイズのピアス、頭にはキャップを目深にかぶり、GMの大型ワゴンを運転していました。

日本からギターも持参していたので、Singing club のリーダーに抜擢され、セレモニーなどでメンバーとのコーラスを披露していました。

語学学校を満喫する私の年齢を聞いた人は皆、驚きました。

私にとっては、異国の地で自分の経験を若者たちに活かすことができて、日々英語が上達できたことが何より楽しかったのです。

そして、その生活の中で出会ったのが『盆踊り』でした。

日本から遠く離れたカリフォルニアと『盆踊り』のギャップは、アメリカの地にどっぷりと浸る生活の私に『日本文化』を深く感じさせてくれた瞬間でした。

異国の浴衣姿の人々から、『日本への思い』が心の底に響いたのです。戦前からこの地に渡り、日本人移民として苦労を重ねた先人の末裔（まつえい）の人たちの踊りでした。

乾いた空と抜けるように雲ひとつない青空に和太鼓の音が鳴り響き、その音に合わせて歌い踊る日本の盆踊り。先祖の面影が残る踊り手の真面目な顔から、「私の祖先は日本人です」という誇りが見えました。

その光景の中、私の頭の中は日本のことでいっぱいになりました。

乾いた青空に響く和太鼓というギャップは、私に大切なことをストレートに語りかけるような感覚がありました。

もし日本で盆踊りを見たとしても、この感覚にはならなかったはずです。

『浴衣』や『着物』は、ここにいる末裔の『日本の人々』と『先祖魂』なのだと訴えかけている思いがしました。

結婚して間もなく、自分で着物を着たいと思い『着付け教室』に通っていたことがありました。一回のレッスンで一時間の進みはのろく、一年くらい通ったところでやめてしまいました。

教室で購入した着物を自分一人で着ても、なかなか綺麗には着られず、次第に着ることをやめてしまっていた私でした。習っても面倒で着ることをやめてしまう日本人は多いのではないかと思い、なんとかして多くの日本人が着物を着られるようにならなければと、異国のアメリカで気付いたのです。

着物といえば、社寺仏閣の多い京都や奈良、浅草、桜の名所や梅の名所、伝統のお祭り風景やお茶の席と答える人は多いと思います。

アメリカの地で着物に魅せられ、着物への思いが再燃した私が考える着物に合う風景は、対局のイメージがあるところです。

1868年（明治元年）最初のハワイへの移民、153名の日本人を乗せた英国帆船が横浜港を出発しました。日系移民たちは、ヨーロッパの船員が着ていた青い縞の開襟シャツで農作業をしていましたが、それが擦り切れて使えなくなると、子供には自分の着物や羽織の端切れを使いパカラ風のシャツを作っていました。徐々に地元の人々も着物や羽織の薄い裏地で作ったシャツを着るようになったのが、現在のアロハシャツです。

常夏（とこなつ）の青い海や白い砂の風景に、鶴・亀・松・竹・梅・流水模様や花鳥風月の着物柄という組み合わせが、心地よいギャップを生み出したのだと思います。

着物の柄を使ったアロハシャツは、日系移民のストーリーと共に今でもビンテージとして大切にされています。移民当時、貧しかった日系人にとって、着物は生まれ故郷の日本そのものだったと思います。

２００２年、カリフォルニアで見た日系移民の盆踊りをきっかけに、私の人生に着物はなくてはならないものになりました。

帰国後から15年以上、着物を千回以上着続けた私は、「着物の素晴らしさは、自分で着ることにある」という確信を持ちました。

多様性重視の時代にあって、日本独自の文化の結集が着物文化だと思います。その着物文化を持続可能なものにしていくことは、未来の日本にとってとても大切なことです。

千年の歴史を経てもなお、現役の着物文化。普段はジーンズにシャツ、時にはジャージの私ですが、着物を着た瞬間、日本人のスイッチが入ります。

そのギャップがまた、パワーになっています。

二十数年前、着物教室に通ったことがありました。さまざまなグッズも買い、何回も通いましたが、とうとう一人で着物を着ることはできませんでした。そんな経験もあって、着物は教室に通って時間をかけることよりも、大切なことのポイントをつかんで、短い時間で着る方法を長年考えた結果、この矢作式にたどり着きました。着物の奥深さと美しい着こなしは、短い時間に何度も自分で着ることで得ることができます。着物を着るポイントを自分で実践することだけを考え、作ったメソッド。それが「矢作式５分で着る着物」です。

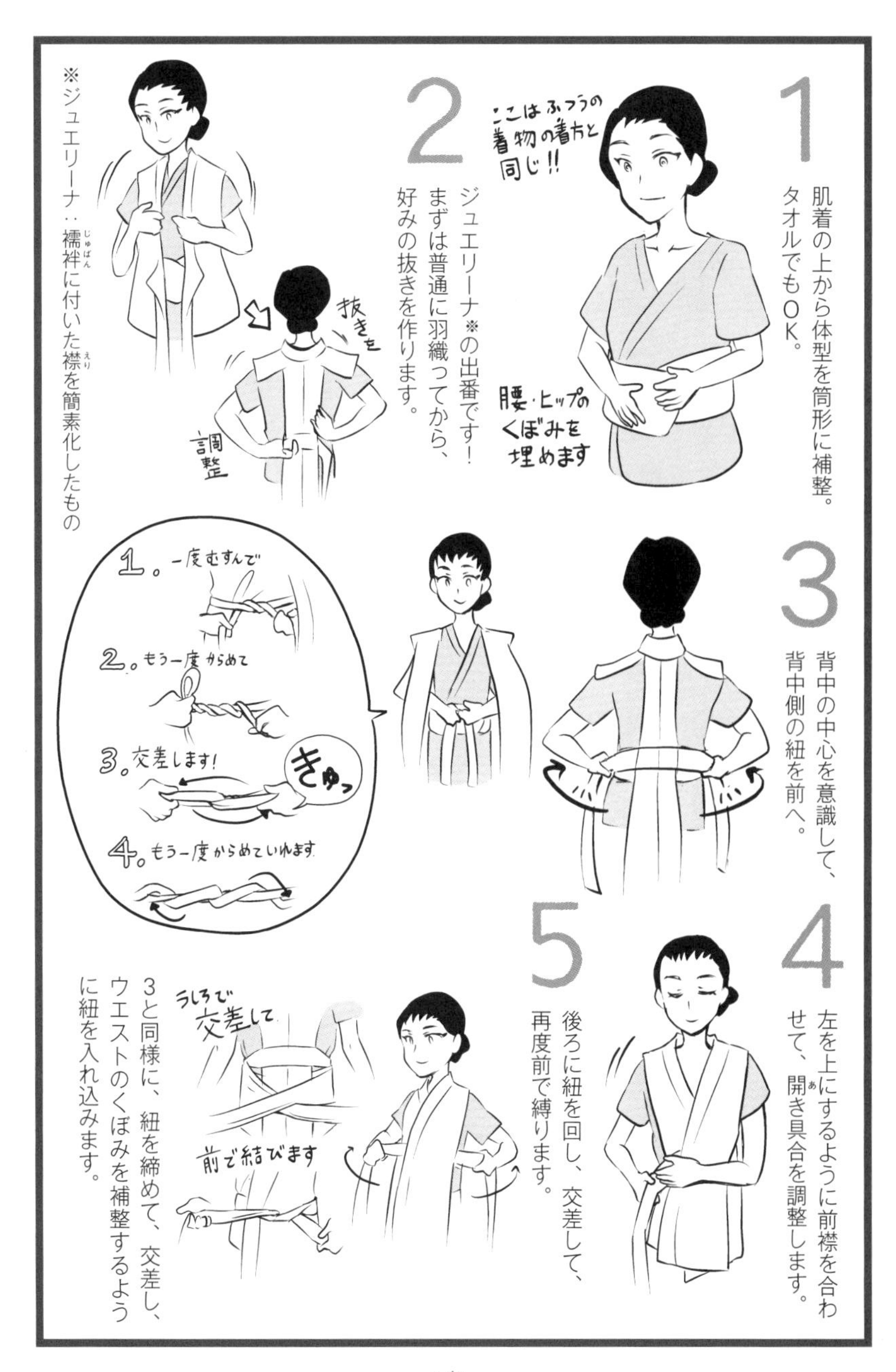
1
肌着の上から体型を筒形に補整。
タオルでもOK。
ここはふつうの着物の着方と同じ!!
腰・ヒップのくぼみを埋めます
2
ジュエリーナ※の出番です!
まずは普通に羽織ってから、
好みの抜きを作ります。
抜きを
調整
※ジュエリーナ：襦袢に付いた襟を簡素化したもの
3
背中の中心を意識して、
背中側の紐を前へ。
1。一度むすんで
2。もう一度からめて
3。交差します!
きゅっ
4。もう一度からめていれます
4
左を上にするように前襟を合わせて、開き具合を調整します。
5
後ろに紐を回し、交差して、
再度前で縛ります。
うしろで交差して
前で結びます
3と同様に、紐を締めて、交差し、
ウエストのくぼみを補整するよう
に紐を入れ込みます。

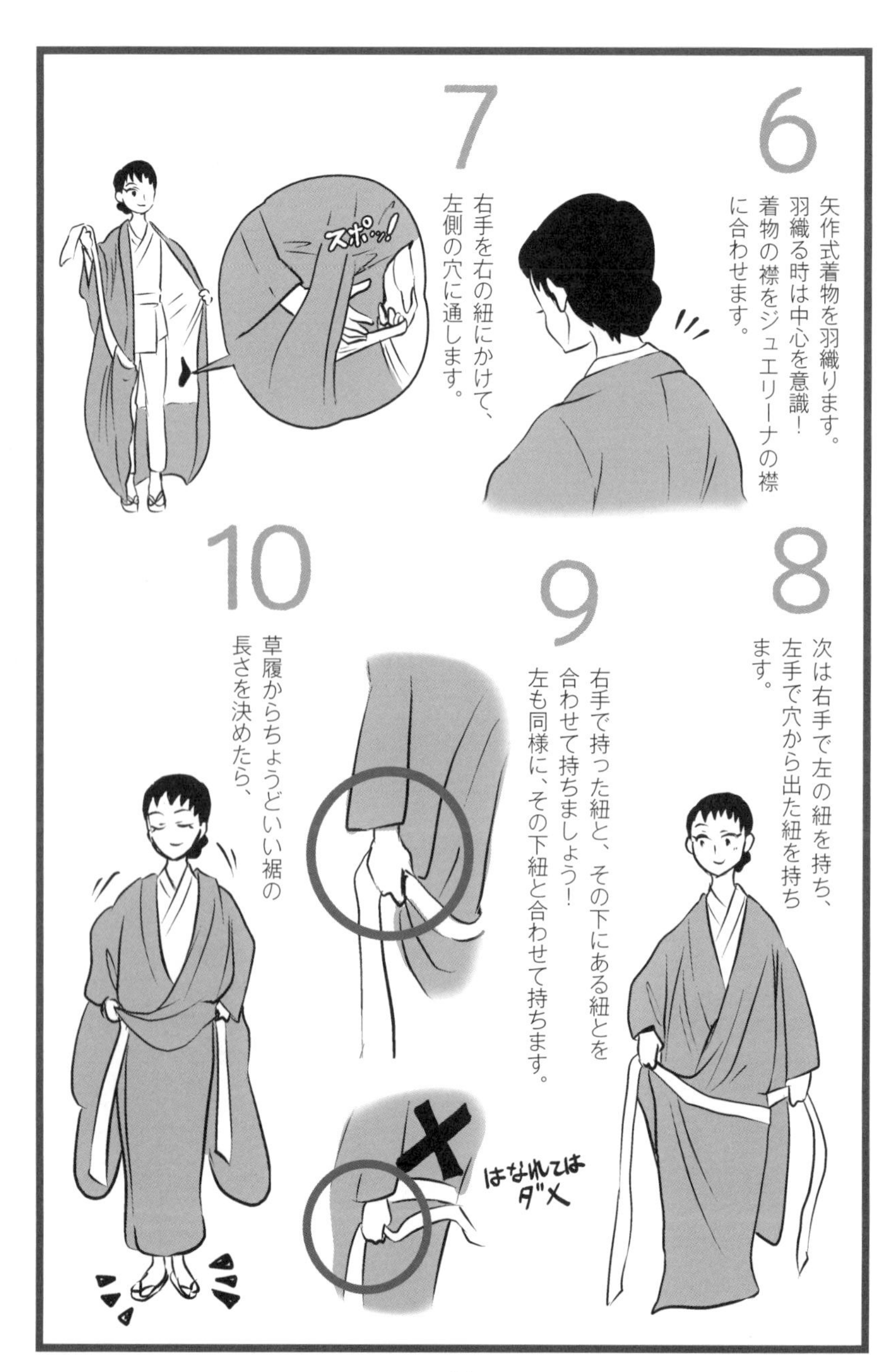
6
矢作式着物を羽織ります。
羽織る時は中心を意識！
着物の襟をジュエリーナの襟に合わせます。
7
右手を右の紐にかけて、
左側の穴に通します。
スポッッ！
8
次は右手で左の紐を持ち、
左手で穴から出た紐を持ちます。
9
右手で持った紐と、その下にある紐とを合わせて持ちましょう！
左も同様に、その下紐と合わせて持ちます。
はなれてはダメ
10
草履からちょうどいい裾の長さを決めたら、

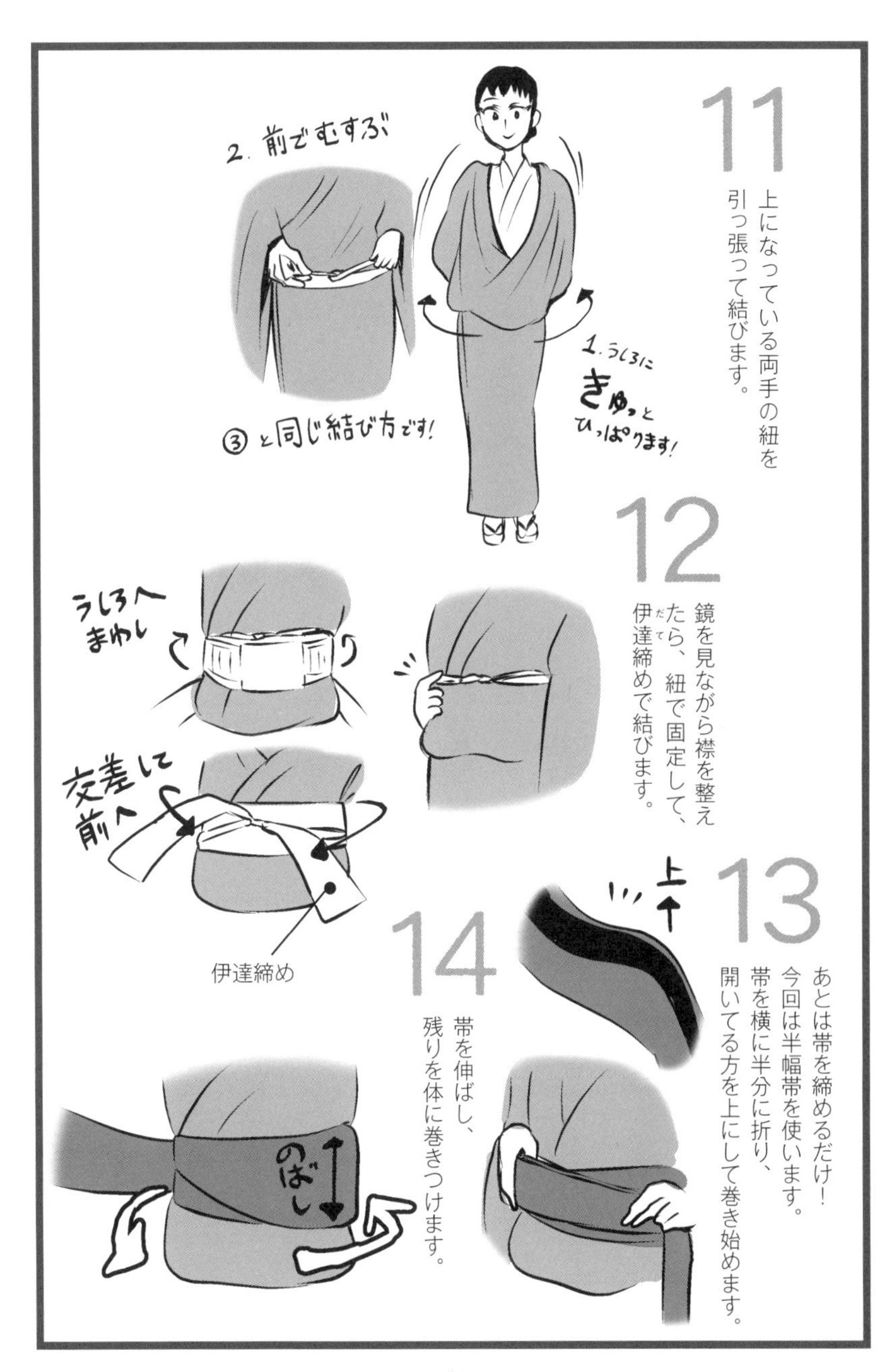
11
上になっている両手の紐を引っ張って結びます。
1.うしろにぎゅっとひっぱります!
2.前でむすぶ
③と同じ結び方です!
12
鏡を見ながら襟を整えたら、紐で固定して、伊達締めで結びます。
うしろへまわし
交差して前へ
伊達締め
13
あとは帯を締めるだけ! 今回は半幅帯を使います。帯を横に半分に折り、開いてる方を上にして巻き始めます。
上
14
帯を伸ばし、残りを体に巻きつけます。
のばし

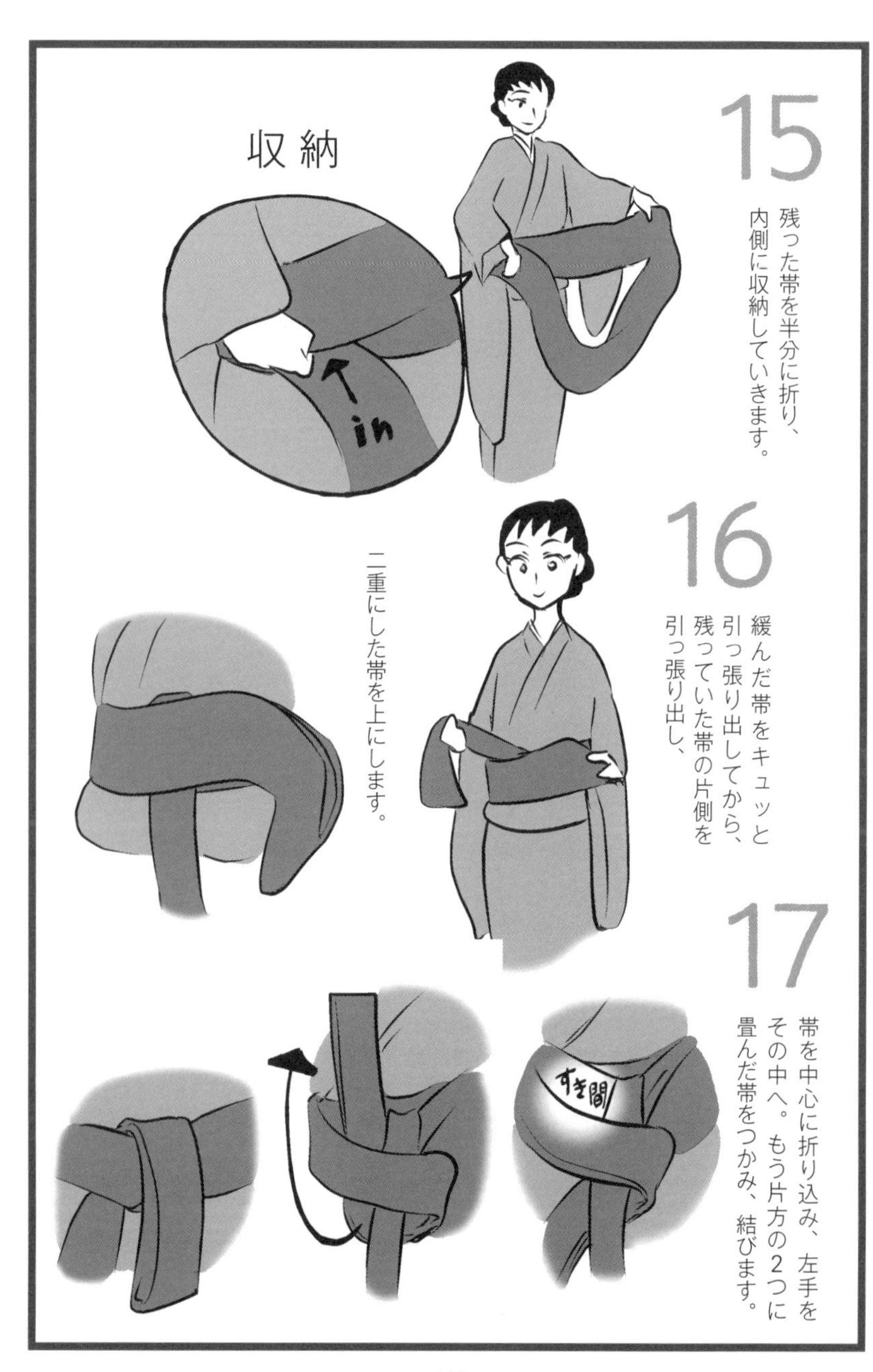
収納
15
残った帯を半分に折り、
内側に収納していきます。
in
16
緩んだ帯をキュッと
引っ張り出してから、
残っていた帯の片側を
引っ張り出し、
二重にした帯を上にします。
17
帯を中心に折り込み、左手を
その中へ。もう片方の2つに
畳んだ帯をつかみ、結びます。
すき間

18
帯を中に折り込み、左手をその中へ。
もう片方の2つに畳んだ帯をつかみ、結びます。
ピッ
むすんだ後はちょっと
ひらいて あげましょう
19
できた帯を流れに沿って、
右側に回しながら、後ろ
へ持っていきます。
20
帯板を中に入れます。
5分で完成！
華やかにしたい場合は、
お好みで帯揚げ、帯締めを！

# ごめんなさいは真正面から

## Apologize from the outset.

謝らなければならなくなった時に、誰もがその状況から逃げたくなるものです。自我に目覚めた小さな子供が「ごめんなさい……」と言えない時と同じです。誰もが経験する成長過程ですね。叱った親を叩いてみたり、大声で泣きながら睨（にら）んでみたりして意地を見せます。


30年ほど前に、こんな歌がありました。

「ゴリラの目ん玉、ゴリラの目ん玉、ゴリめん、ゴめん」

自分が謝らなければならない時に「ごめんなさい」と言えない子供のために、歌詞が背中を押してくれて、「ごめんなさい」と言えるという歌でした。

小さな子供だって、子供なりの理由があって、それを言いたくても親には敵わない。だから、ごめんなさいって言いなさいって言われたら、言い出せない。そこを分かってほしいという表れですね。

声を荒らげ「悪いことしたでしょう!! 謝りなさい！」と言われても、自分の正当性の消化不良は抑えられなくて、かえって意地を張る。意地を張っていた子供に、「こんなことしたらダメなのよ。ゴリラの目ん玉を唄おうね」と言うと、『間』をもらえた子供は「ごめん」と涙で言うのです。

しかし、大人になった我々だって、相手がどんな人でも「申し訳ありません！」と言うのは本当にしんどいものです。

謝っても、きっと許してもらえないだろう……そんな想像も働いて、この状況から逃げたくなるものです。この状況の選択肢はいろいろあります。

1　理由はどうあれ、謝る

2　まず、自分の言い訳を聞いてもらう

3　怒っている相手から逃げる

4　自分を正当化して、他人に助けを求める

5　正当化して逆ギレする

子供の世界とは違って、自分の立場、相手の立場があります。どのような理由があっても、相手が怒っている時は逃げてはいけません。

7年前、サウジアラビアの大都市ジッダに行った時のことでした。

サウジアラビアは『敬虔なイスラーム』の国であり、女性は宗教上の装い『アバヤ』を着用する決まりがあります。私が訪れた理由は、着物とアバヤで国際交流をする下見でした。

また、この訪問には楽しみなことがありました。首都のリアドにある日本大使館を訪れることでした。訪問を前に、在サウジアラビアの元日本大使だった方が、日本大使に私が行くことをメールで伝えてくださったのでした。リアドに行く日程もお伝えして

あって、一人でジッダからリアドに移動の予定をしていました。

商業都市のジッダでの予定を順調に終え、日本大使館訪問の前日のことでした。ちょうど、この期間はイスラム教徒のメッカ巡礼で世界中からの信者が押し寄せていて、翌日のリアド行きの予定の便が欠航になったと、在日サウジアラビア大使館員の方に言われたのです。しかし、「矢作さんが訪問できなくなったことは、私から伝えておきます。大使とは親しいので、ご安心ください」と言われたので、安心して彼に任せることにしました。

その翌日、一日の予定を終えた部屋でのんびりとパソコンを開き、メールをチェックしました。しかし、一通のメールに心臓が一瞬止まり、凍りつきました。みるみる自分の顔色が青ざめていくのが分かりました。

「昨日、どうして日本大使館に行けなかったことを伝えなかったのですか？」

メールは元サウジアラビア大使からでした。

「大使は、ずっとあなたがいらっしゃるのを奥様と心待ちにされていたのですよ。あなたがいい加減な方だったとは、紹介者として本当に落胆いたしました」

メールを読み終えるまで、この事態をどう乗り切ったらいいのだろうと、壁に掛かった大きな鏡の中の青白い顔の自分に呟きました。

「行けなくなったことを○○様が言い忘れたのです……」と弁明すべきか。

「いや、自分が連絡を取るべきことを第三者に委ねてしまったことが悪かったのだから……」

確認もしなかった自分を、しっかりと詫びるべきだ！

心臓の鼓動が口から漏れる中、メールを読んでから50秒後に返信しました。

「穴があったら、そこに入って死んでしまいたい気分です。訪問できなくなったことをご連絡せず、お待たせしてしまった大使には、何と申し上げて謝ったらいいのか、頭が真っ白です。このまま切腹させていただきたいほどの思いです！　ご紹介していただきました〇〇様にもご迷惑をお掛けしてしまって、死んでしまいたいほど申し訳なく思っております。このご迷惑は一生謝っても足りないくらい反省しております！」

生きた心地もしないまま……。

一刻も早くが優先した、ズタズタな文章での送信でした。

すぐに返信が来ました。

「矢作さんからメールを頂いて、すぐに飛行機が飛ばなかったことと連絡をしなかったことを大使館員の方に伺いました。今、〇〇大使には連絡いたしました。矢作さん、大丈夫ですよ。大使は本当に矢作さんのお体をご心配されていらしたようで、女性が日本から、たった一人でリアドまで飛行機に乗って来られるということで、事故や事件に遭われているのではないか、そのことだけを心配していらしたとのこと。メールに書かれたようにそこまで思い詰めなくても、ご無事でしたら安心です、とおっしゃっていましたよ」

さらに「今回、実現できませんでしたが、是非とも次回お会いできることを楽しみにしています」とおっしゃっていらしたと、メールで伝えてくださいました。大使館員の方が、伝えるのを忘れていたと言ってくれたおかげで、救われました。安堵の涙と喜びで、青白かった顔にもすっかり血が通い、天に昇る心地になるのでした。

そして2年後、リアドに向かいました。

訪問前に手配していた車のドライバーが空港で私の名前の札を掲げ、待っていてくれました。車は物々しい厳戒態勢の道を通り抜け、2年前に訪問するはずだった国旗たなびく日本大使館に到着。

2年前に心配を掛けてしまった私を、秘書の方が出迎えてくださっていました。大使と奥様が待つ部屋の扉を開くと、目の前にお二人の優しい表情が私を迎えてくださいました。

あの時、ご心配をお掛けしてしまったお詫びを直接お伝えすると、「ご無事でいらして安心できました」と、現地では貴重な日本茶と和菓子で私をもてなしてくださいました。

訪問してから、一時間以上たくさんの話をして、たくさんのお話を伺うことができました。私がすっぽかしたあの時、もしも私が「自分は悪くなかった」と他人のせいにしていたらどうだったでしょうか。

この事態の主役は、何があっても、いかなる理由があったとしても、私でした。

そして迷惑を掛けたのは私なのです。

謝るということは、目の前の怖くて、高くて、厚い扉に向かうようなもの。

逃げずに真っ直ぐ正面から謝れば、のちのステップも真っ直ぐ行くはずだといつも信じています。

ごめんなさいは真正面から

# 思い立ったら、先人に手を合わせる

**If you resolve to do something,**

**you are praying to your ancestors.**

家系図で言うと、自分から10代さかのぼると1024人の先祖がいると言われます。さらに40代さかのぼれば、一兆人を超えるといいます。つまり、自分が今ここに生きているということは、多くのつながりのおかげであるということに気付きます。

「自分を大切にしなさい」と言われたことがあります。先に亡くなった先祖の方々が連なった最後尾が、私だからです。自分を粗末にすることは、多くの先祖に申し訳ないということなのです。

もしも、たった一人になって『孤独』だと感じても、最後尾の自分は一人じゃないと思えます。そう思えると、私がこの世に誕生した『奇跡』を痛感し、親をはじめ、先人への感謝は当たり前と思えてきます。

私は、窮地に追い込まれた時は勿論のこと、天にも昇るほど幸せな時にも、報告の意味で手を合わせるようにしています。

両親共に他界していますが、私も孫を持ったことで、当時は気付けなかった両親に対する感謝の思いがあふれてくるのです。亡き両親を思い、手を合わせると、心からの感謝が伝わるような感覚になります。

私には5人の子供がいますが、夫が多忙だったため、長女と長男の出産は里帰り、そして5人目の四女の時は、母が上京し手伝ってもらうという出産でした。ドタバタの生活の中、母がいてくれたからこそ安心して出産ができたのに、母なのだから手伝いは当たり前のことと思ってしまっていました。

当時、私と同じ年齢だった母が一人で上京し、ヤンチャな4人のギャングと、私の夫との数日間の生活は、どれだけ過酷なことだったか。今になって、もっと母に感謝して優しくしていたらよかったと思うのです。

昨年、長女が3児の母になりました。

私にとっての3人の孫は、目に入れても痛くないほど可愛い。けれど、可愛いのと、責任持って数日間任されるのとは全く違うと、今になって痛いほど分かるのです。

思い出すたびに、その時の母の覚悟に心から手を合わせ、「ありがとう。あなたに、もっと感謝するべきでした」と言うのです。


人は亡くなって、肉体の埋葬や鳥葬、散骨などで、この世からいなくなります。しかし、むしろ亡くなったことで、どこという『場所』の概念がなくなる感覚がするのです。手を合わせる時、亡くなった人や遠い先祖と、いつでも近くでつながっているように感じるのです。

例えば、自分が感動して涙したり、何かのアイディアが突然ひらめいたり、無性に何かが食べたくなったり、急に何かをしたくなったりする時に、自分の先祖たちが、やり遂げたかったこと、やってみたいこと、感じることを私の体を通してしているのではないかと思うのです。

人は亡くなり、『新たな命の誕生』のサイクルを繰り返します。ここにいる私たちは、先祖の思いの受信機の役目をしているのではないかと思う時があります。

54歳で大学院に入学した時のことです。

同じゼミにいたモンゴル人の学生と友人になり、彼の友人のモンゴル大使館の職員の方に会いに大使館を訪れました。

その職員の方に、モンゴルで国際交流として着物のショーを開きたいことを話しました。その職員の方は、在モンゴルの日本大使館の三等書記官の方を私に紹介してくださり、モンゴルでその方に相談するように言いました。私はすぐに、夫にモンゴル行きを許可してもらい、一週間後にその三等書記官の方に会いに行ったのです。

あらかじめ、私が着物のショーを開きたいということは伝わっていたので、三等書記官の方は用意されていたように、私にこうおっしゃいました。

「オペラ劇場がありますが、すでにご覧になりましたか？　着物のショーをするなら、私はそこがいいと思いますよ」と切り出されました。

「ご存じでしょうか？　ウランバートルのオペラ劇場は第2次世界大戦直後、ソ連軍が『シベリア抑留者』として、日本兵に強制的に労働をさせて建てさせた建物なのです」

初めて聞く話に、胸が締め付けられました。

「酷寒の中で日本へ帰還できる日を夢見て、苦労して造った建物なのです。着物ショーをやるなら、きっと亡くなった多くの抑留兵たちがお喜びになるはずです」

三等書記官の方は、初めて会う私にこう提案してくださいました。

そして、私の気持ちに迷いはありませんでした。

戦後、家族とも会えず、日本を離れたシベリアの地で一生懸命に任務を全うし、苦難の中で完成したこの建物が、日本の魂そのもののように見えました。

それから入念な準備を重ね、日本で購入した和太鼓をモンゴルに寄贈、モンゴル国立オペラ劇場で『日本モンゴル文化交流　温故知新ファッションショー』を開催。そして、テーマに『シベリア抑留日本兵の鎮魂』を加えました。

さらにその翌年には、オペラ劇場同様に、シベリア抑留日本兵が造ったチンギスハーン広場で盆踊りを実行する計画を立てました。故人を供養する盆踊りをするために、日本の高校生の和太鼓部10名を連れて、オペラ劇場に戻ってきたのです。

日本から100枚もの浴衣や帯、草履も送って、現地の学生100名に浴衣の着方と盆踊りを教えました。当日、巨大なチンギスハーンの銅像が鎮座している広場のオペラ劇場入り口が見える位置に太鼓の櫓（やぐら）を組んで、浴衣を着た１００人の学生が山車（だし）に載せた太鼓を引っ張ります。私はホイッスルを吹きながら、「わっしょい！」「わっしょい！」の声で学生たちを促して、櫓の周りに学生たちの踊りの輪をつくりました。

チンギスハーン広場に響き渡る盆踊りの音楽と、日本の高校生による太鼓の音。

すると、白夜の青空を突然に雲が覆い始め、それまで太陽が照りつけていた空が日本の夕暮れのようになりました。そこに風が吹き、踊り手の袂（たもと）が揺れ始めました。

日本への帰還を夢見ていた抑留日本兵に見てもらいたいと、その一心で踊り続けました。現地の学生１００人と日本から来た和太鼓部の高校生で、チンギスハーン広場は、まるで日本のようでした。

盆踊りを終えると、現地の報道の方が近寄ってきました。

「皆さんが踊っていた頭上の雲の合間から、数羽の真っ白い鳩が突然に飛んでいきましたね」と、興奮気味に私に教えてくれました。

白い鳩は、帰還できなかった人たちだと思いました。

大使館で抑留日本兵の話を聞いた時から、彼らを鎮魂したいと思い続けていた私には、白い鳩は彼らの喜びの印だったのではないかと思えたのでした。

# 俯瞰して考える

Take a bird's eye view

when thinking about things.

大学の部活で、私は800ｍを走っていました。

当時、私にとって役に立った練習がありました。ひと通りのウォーミングアップの後、走り込みを終えた段階で行ったものでした。

本番さながらのレースを想定するのです。

目を閉じて、試合当日、ウォーミングアップを終えた自分が競技場に入るところから想像します。

大勢のライバルたちが、体を冷やさないようにジャージ姿にスパイクを持って、スタート地点で待機します。

いよいよ、自分のレースが近づきます。

着ていたジャージを脱いで、スパイクに履き替えたら、周りを少し走って体をほぐします。

係員の方にコールされ、自分のコースに着きます。

これから、400mトラック2周のレースが始まるのです。

「位置に着いて」の掛け声。少し引き姿勢で止めます。

ピストルが鳴り、第一歩から前にいる走者を見ます。

セパレートコースではカーブの遠心力を使ってスピードを上げ、前の走者と並びます。

直線で抜き去り、さらに先頭集団を数人でつくります。

まだ苦しくはありませんが、後半のスタミナとラストスパートを考えて、まだ飛び出さず、集団の中で走りやすい自分のポジションをキープします。

第2カーブで、前の走者のペースで走るために、目を前の走者の脚に落とし、他人のペースで走ります。

300mからの直線も先頭には出ず、前の走者のペースで走ります。

鐘が鳴り響き、残すはあと一周。

先頭集団のペースに合わせ、600mの直線までは我慢します。

カーブに差し掛かった700mから、集団の中から抜け出す走者。それにしっかり付きます。

いよいよ、あと100mの直線。そこからはできる限りのスプリントで、ゴールテープを切るのです。

レース前は相当緊張します。

初めて出場した大学1年生の全日本インターカレッジで思いがけず準優勝した私は、期待からのプレッシャーによるスランプの時期がありました。

全く期待されていない時は、これまでの練習成果を出すだけだという軽い気持ちで試合に臨んでいましたが、全国2位という結果のあとは全く違ったのです。

しかし、この自分のレースをリアルに想像する練習は、そんな私を助けてくれました。レースの雰囲気や、ライバルの存在も脳裏に刻まれていたので、浮き足だっている自分が、自分のレースを一部始終想像することで、どんなレース展開をすればいいか、レース前に何をすればいいかを整理することができました。

その結果、２年生の全日本インカレでは優勝することができました。

私は、初めて出掛ける場所であっても、たいてい一人で出掛けます。

一人の時の方が自分のペースで行動できて、気楽だからです。

しかし一方で、話し相手がいないことはあらかじめ覚悟します。

出掛ける前に一番大切にしているのは、自分と行き先の場所との「バランス」です。

その場においての自分の立ち位置、どのような人が集まるのかなども、あらかじめ想像します。立席なのか着席なのか、何人ぐらいの規模なのかなど、全てを想像して、どのような場所でも対応できるようにします。

出掛ける際は、着物です。

今は着物の人が少ないため目立つので、『場のバランス』『人のバランス』『自分のポジション』を心得ていないと失礼になります。

目的地までの自分を俯瞰（ふかん）し、事前にさまざまなケースを想定するのです。

どんな会場かを調べて、集まる人はどのような人々かを想定し、着物を着た自分を歩かせるのです。情報の中でのさまざまなことを想像し、その場所の雰囲気を壊さない着物の色や柄を考えて決めます。

事前に俯瞰して考えることで、緊張することがなくなります。

困難に対する想定をいつも携えています。

２０１８年にパリで『着物を自分で着る』セミナーを、全く着物を着たことがないフランス人30人に行いました。所要時間は一時間半。

日本で準備をしている段階から、テキストを作りながら現地での行動を俯瞰して考えていました。

着物一式を配る所要時間。

テキストを使って私が英語で話し、それを仏語で通訳してもらう所要時間。

やる気にさせたタイミングで、全員が自分で帯を結ぶ練習をする所要時間。

各々が襦袢（じゅばん）を自分で着るための所要時間。

そして、男女交互に自分で着物を着る所要時間。

着物を着た後、初めに教えた帯を結んでもらう所要時間。

それらを俯瞰した状態で、何度も想像しました。

そして、時間短縮のための最善の方法を考えました。

手伝ってくださる現地スタッフの方に、前日、帯結びを徹底的に教えたのです。

当日、想像していた通りに段取りが運び、全員が自分自身で着物を着て、ルーブル美術館の前の通りを練り歩くことができました。

もしも、リアルな想像の中で、パリコレクションやニューヨークコレクションに私の着物が登場できたら、それも実現できるはずです。

やれます！

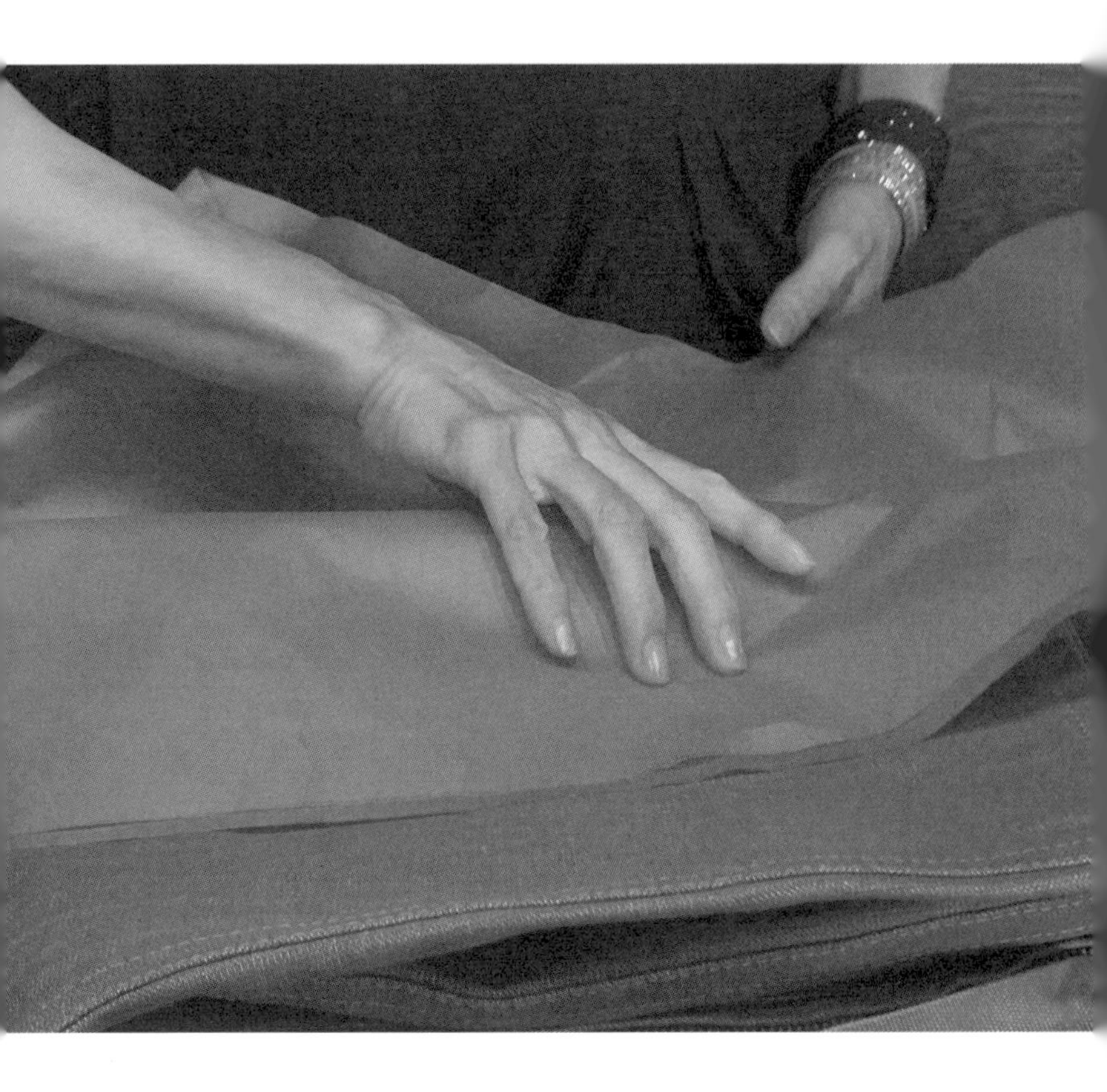

# 世界中に「美しいもの」を嫌う人などいない

**There is no-one in the world who dislikes "beautiful things".**

色や形の好みはありますが、美しいものを嫌う人はいません。

美しい音楽、美しいダンス、美しい芸術作品などに触れるたびに、心は穏やかになります。


『いじめ』が多くあった頃、日本に帰国した友人が私にこう言いました。

「日本では子供たちに『いじめ』は良くないことだと、いじめの映画を見せて、感想文を書かせたりして考えさせますね。それを見て、逆の効果じゃないかと思いました。子供たちには、美しい音楽や穏やかな心になる感動的な映画を鑑賞させる方がいいと思いますよ」

なるほど、と思いました。

美しい映画、感動する映画、心を豊かにしてくれる映画、家族の愛を感じる映画、親を大切にすることが素晴らしいと思わせる映画など、特に小さな子供の頃からたくさんの美しいものに触れてもらうことによって、人を悲しませる『いじめ』の発想はなくなるのではないかと思えました。

映画に映る「いじめている子供の顔」や「いじめをしようと話している姿」は、誰も見たくはないでしょう。

子供の頃に美しいものをたくさん見せることは、平和を考えられる人間の基軸ができると思うのです。

私は外国を旅する時は、トランクに着物を入れて持参します。

襦袢（じゅばん）を一枚、着物を2枚くらい、双方に合う帯を2本。それに合わせた帯揚げや帯締めも2本ずつ、そして、草履を一足。

日本の風景の中で着る時とは違って、特に海外では、横文字の看板文字や、街を行き交う人の顔立ちが違う中で、どんな着物を着ていても際立ちます。

4年前に振り袖を着てローマのホテルでの会合に行った時、エントランスでいろいろな国の方々が着物姿を見て微笑んでくださいました。会合でも、ローマの方々が微笑んで迎えてくださいました。

着物の模様のことや、着物の形のこと、袖に付いている袂（たもと）が長いのは何故かなど、興味津々に尋ねてこられるので、英語でしたが一生懸命に答えました。多くの人は『着物は日本の衣装』ということをご存じなので、私は日本人の代表という意識で、その質問に答えます。

着物は、千年以上前に日本独自の進化をし、同時にひらがなの文化が生まれ、和歌や短歌が生まれたこと、日常の詩を読むことが流行ったこと、日本人の美意識が『間（ま）』にあることなどを伝えるのです。

皆さん、私の着物姿を見ながら、日本人の美意識に触れて、美しいと喜んでくださいます。

２０１８年の秋、宿泊したパリのホテルで着物に着替えてエレベーターに乗り込んだ時、乗っていた男性から「Are you Indian? Beautiful!」と言われました。私がインド人に見えたからでしょうか、着物が日本のものと知らなかった人も、美しいと微笑んでくださったのです。ホテルの売店にいらした御婦人たちは、私を見ると「Japanese!!!」と言って近寄り、日本に行ったことを懐かしそうに話し、一緒に写真を撮ってほしいと微笑んでおっしゃいました。

形にデザインを加えず、昔から一様で、袂の長さ、生地の色や柄、刺繍や型染め、絞りなどの技で個性を出すのが着物です。

どのような体型にも似合い、男性を凛々（りり）しく、女性をしなやかに映します。

洋服と違って、動きづらそうで大変そうに見えることも、見る人を優しくさせるのかもしれません。

２０１８年に、自分で着物を着るというセミナーをルーブル美術館前のホテルで開催しましたが、男性も女性も自分で着物を着た瞬間に、男性は胸を張って男性らしい仕草、女性は女性らしい美しい仕草に自然となるのでした。

ルーブル美術館の前を歩くパリの参加者たちは、自分で着た着物姿を道ゆく人々に嬉しそうに見せていました。そして、誇らしそうに笑みを浮かべながら、一人の男性が言いました。

「どうだい！　私は日本人に見えるかい？　美しいだろ」

「美しい！　ジャポニズム」と言いながら、すれ違う人々は笑顔でした。

自分で着たという満足と喜びあふれる笑顔に、着物が応えるように美しく輝いていました。

フランスから起こったジャポニズム。

美しい日本の着物をはじめ、浮世絵や陶器などを初めて目にした人々が、日本の美しさに憧れ、魅了された現象がジャポニズム。

美しいものには、人を笑顔にし、平和にさせる力があると、いつも思うのです。

# 人生に一番必要なのはバランス

Balance is the most important thing in life.

私は毎年、着物のファッションショーを開催していますが、出演する人を考える時に一番気を使っているのは『バランス』です。

テーマを考え、2時間の中に配置する出演者、出し物、照明、曲のイメージを考えます。

観客の人が見終えた時に「良かった！　着物は素晴らしい！　着物を着てみたい！」と思ってもらえるショーにするため、一番必要なのは全てのバランスなのです。

出演者、音楽、照明、話には全てにそれぞれが持つパワーがあり、観客の人はそのパワーを常に受けます。

今までの統一されたイメージの中で、目立とうとして変わったことをしてしまう出演者がいると、観客の方々が混乱します。これまで、当日の半日しかリハーサルをやらない方針で、全てを2時間で出演者を導くやり方を続けてきましたが、そんな場合でも、ステージに出て話をしてバランスをとっています。

毎回決める、テーマと着物。

着物メインと決めているこのショーは、何でもありではない演出なので、バランスが重要なのです。

日頃、多くの方とお会いしますが、そのたびに『バランス』を念頭に置いて考えます。

２０１８年、日本とフランスの国交１６０年の節目を記念して、パリで着物セミナーを行いました。

その際のプログラムでも、一番気を使ったのがバランスでした。

それは日本の美意識をフランス人に伝えるということであり、日本の着物が一番だと伝えるのではありません。着物をその方ご自身で着ていただく際、どの工程にどのくらいの時間を費やしたらいいのか。30名の参加者全員に、一緒に理解していただきながら進める時間のバランスが大切です。

わざわざ日本から何箱もの荷物を送ってセミナーを開催するのですから、成功しなくてはなりませんでした。ましてや、セミナー当日、日本のテレビ局の取材も入ることになりました。

ところがセミナー前日、心配していたことが起こってしまいました。

2週間前に日本から送った6箱の荷物のうち、一箱が届かなかったのです。もしもその一箱の中身が着物だったら、対処する方法もなく、パリの街を練り歩く予定もなくなってしまいます。

祈るような気持ちで、すでに届いていた5箱を全て、急いで開けました。

祈りは通じました。

最悪の事態は免れたのです。

着物と襦袢、帯と草履は全部ありました。届かなかった一箱の中身は、足袋(たび)と補整用のタオル、そして帯板でした。すぐにパリの街に、白いソックスを買いに急ぎました。現地スタッフにソックスが売っていそうな衣料品店まで連れていってもらい、男性用の大きな靴下と、女性用の靴下を30足ずつ購入しました。

ホテルに帰って、プログラムを練り直しました。

白いソックスを履いた私が、こう言うのです。

「皆さん、今日はパリでは売っていない足袋の作り方を伝授いたします」

私は椅子に腰掛け、白いソックスを履いている足を上げて、親指と人差し指の間にくぼみを作りました。あらかじめ、配った着物セットに入れてある靴下を全員に履いていただいて、私と同じようにくぼみを作ってもらいました。そうすれば、堂々と「どこの国の人でも足袋を作ることができる」と伝授できます！

セミナー当日、送られてくるはずだった箱の中身を使わなくとも、白いソックスで作る足袋のアイディアは、初めから想定されたように違和感のない、絶妙なバランスのプログラムになったのでした。

困ったことが起きても、そこで落胆せず、常にプログラム全体を考えて工夫をすることが大切なのです。

無事にセミナーも終わり、参加者は大満足された様子でした。

その日のセミナーの模様は、日本でテレビ放映されました。

全てを終え、やりきった私は高熱を出し、翌日は一日中ホテルの部屋のベッドの中でした。しかし、そのことも含め、バランスのとれた充実した思い出になりました。

今日はフランスのパリ
なんと、なんと！
着物セミナーを開催するのだ！
この日のために準備を重ねてきた
しかし！
荷物が……一箱届かない！

待てよ
足袋でよかった！
ラッキー！
白い靴下
買いに行くぞ！
Boutique générale
くつしたーっ!!
こうして足袋を作りましょ
!?
oh

# 習慣には「盲点」というチャンスが潜んでいる

**Opportunities lurk in the “blind spot” of customs.**

知らず知らずに刷り込まれてしまっている『あたりまえ』。

朝起きて、顔を洗って、歯を磨いて、服を着替え、朝食を摂って、また歯磨きして、家を出る。

そんな繰り返しに、私たちは何も疑問を持ちません。

「俺はなぜ歯を磨いているの?」などと、いまさら考える人はいないでしょう。

小さい頃から繰り返されてきた習慣に、疑問を抱くことなく過ごしています。

習慣とは、習わしと慣れからできている「疑いもしない」日常ですから。

自分の生活には、何割もそんな習慣があります。

例えば、会社勤めの人が出勤して入り口まで来たら、周りなど気にせず躊躇(ちゅうちょ)なく中に入っていきます。会社の『入り口』のドアノブの形や色、ドアの下の足拭きマットや会社のロゴ、窓枠の色や形、カウンターに飾られている花などに気を留めることとなどないでしょう。

「このロゴは誰がデザインしたのだろう？　もう少し濃い色の方がいいな」

「いつ見ても、ロゴのフォントがいい」

「いつも誰がカウンターに花を生けてくれているんだろう？」

「ドアの色は、もう少し明るい色にした方がいい」

「いつも掃除の人に挨拶していないな」

習慣化されている日常の中で、気に留めていなかったことに意識を向けると、新鮮な発見があるものです。

東京オリンピックの招致活動の際に話題になった『おもてなし』ですが、当時、流行りの『おもてなし』ってどういう意味だろうと考えたことがありました。

とあるパーティで、振り袖を着たスタッフが出迎える場面を見た時、私は疑問を感じたのです。海外のお客様をもてなすパーティや、オリンピック関連の集まりに、盛り上げた髪に花飾りを付け、豪華な振り袖姿の女性がにこやかに出迎えていたのです。どっちがゲスト？　と思い、本来の『もてなし』の意味って何だろうと思ったのです。

そもそも、『もてなし』をする人が動きにくく派手な装いでは、お客様に失礼です。お客様に「綺麗な振り袖」と眺めていただくだけの存在なら、目的が違います。特に日本文化としての『もてなし』とは思えませんでした。

あくまでも『もてなされる側』を引き立てる存在であるならば、お客様のサポート役として動きやすいことが必須です。会場や舞台の設え（しつらえ）、清潔さ、豪華さは『もてなし』ですが、そこにいる人はサポート役として動くのが『もてなし』です。

海外では依然として、日本食ブームが続いています。海外の日本料理店などを訪れた時に気になったのが、そこで働く人の服装でした。

着物は高価で、着るのに時間がかかるという先入観で、現地の外国人スタッフが着ているのはTシャツに前掛けのスタイル。女性は東南アジア系のユニフォームが多いのです。レストランなどのインテリアや建築は日本ムードが満載なのに、働いている人には日本を感じない。

それは、着物を自分で着られないことが原因だと思いました。

そこで私は、動きやすく早く着ることができる『小袖』のユニフォームを考えました。

小袖は、元禄時代に男性も女性も着ていた着物です。丈が対丈で、そのままの丈ですぐに着ることができるシンプルな着物です。小袖の両胸と背中には、お店のマーク(紋)

が入り、古(いにしえ)の風情があります。何よりも、海外の人でも5分で着ることができて、動きやすいのが特徴です。ユニフォームの生地を使っているので、型崩れしづらく、シワやシミもつきにくい上に乾きやすいという優れものです。

実は、このユニフォームを2020年の元日、羽田空港の国際線到着ロビーで8人の女性に着ていただきました。

空港内は、東京五輪ムードのさまざまな装飾が施され、日本の雰囲気が満載なのに、働く人には日本を感じないと思っていたので、小袖で働くスタッフの姿が本来の『おもてなし』として映(は)え、想像していた通りなのでした。

言葉での『おもてなし』も、雰囲気だけに流されるのではなく、お客様の目線で改めて考えてみれば、意味のあるものがつくれると思います。

うくん…
そ〜〜
どうしたら
着物を着やすく、
馴染みあるものに
できるのかしら…
いろんな人に
着やすく…
着やすく

そう、ちょうど、
あんな感じに…
特にあの襟
う〜ん
ぼや〜〜…
襟の感じ…
着物を着る時
あそこさえ
ビシッと
簡単に作れれば…
う〜ん
千鶴子や…
千鶴子や
良い案は
浮かびそうかい？

翌朝
ちょ、ちょっと
聞いて！
夢枕に！
ご先祖さまが！
と、とにかく
ジュエリーナ
が降臨した
のよー!!
まあ！
そりゃ
すごい
ジュエリーナ？

# この一枚を活かすコーディネートの極意

**Even a single item depends on the way it is coordinated.**

モノには命はありませんが、使う人によって命が吹き込まれ、輝きを放ちます。

20年ほど前のことです。亡き母が、一枚のブラウスを私に差し出しました。

そのノースリーブのブラウスには、先の丸い襟が付いてありました。前たてに小さな半透明のボタンが２つ、縦に４か所並んだ、薄ピンク色のギンガムチェックのコットン地のものでした。ギンガムチェックの中に並んだ、白く小さなコットンボール。

それは、50年も前に中学生の私が家庭科の授業で作った、とても懐かしい手縫いの作品でした。

当時の思い出が、その一枚からほとばしりながら、次々と飛び出してくるのでした。

バスに乗って生地を買いに行った店で、先生に襟の先端を丸くすることを許可してもらい、ボタンも２つにさせてもらったのです。次から次へと思い出がよみがえるのでした。

ブラウスの中に15歳の私が、ちゃんと生きていたのです。

最近、そのブラウスを着てみました。

そして、50年前のブラウスが今も輝くコーディネートを考えました。

当時、中学生の私が、50年後の私に着てもらうのを待っていたかのように、サイズも色も形も今にフィットするのでした。

誰も知らないブランドでも、自分の気に入っている服や着やすい服、思い出の服、特別な意味のある服があるものです。パンツであっても、帽子であっても、ジャケットでも、その一点を活き活きと輝くようにコーディネートしてあげることは、子供を育てることと同じです。そのモノの良さと可能性を引き出す作業だからです。

勿論、コーディネーターは自分で、それを魅する役割も自分です。

着物の歴史は千年以上であり、基本の形も変わっていません。

昔から、機織りした生地をつないだ形なので、大切にしているのは直線裁ちであるということ。つなぐ時は、つなぎ目を切らずに縫い込むので、体が大きくなったらつなぎ目を出して直せます。代々、着続けることができるのです。サイズだけでなく、着物の色や模様は流行を追っていないので、子供が大人になっても着ることができるのです。

洋服は、ブランドやメーカーとメディアが一緒になって、旬の形や流行の色を作り、購入したものを数年で古くさせてしまいます。勿論、デザイナーが日々美しい最新のデザインを生んでいるということも大切ですし、雑誌やメディアもそれが糧なので仕方のないことです。資本主義の現在、これは経済を回すためには必要なことです。

着物には反物（たんもの）の産地があるので、それが素晴らしいのです。そして、昔から続く職人さんの優れた技術、時間をいとわない物作りの魂があります。いつの時代に着ても古さを感じないのは、文様に意味があるからです。

しかし戦後になって、着物にも『作家物』や『ブランド物』が登場してきました。作家物は、洋服のブランド物と同じようなもので、有名作家の名前で着物を選ぶ人も出てきました。また、人気タレントがデザインした着物をブランドとして売り出す店もあります。

私は、今の着物には興味がありません。

当時の着物を見ると、絹は全て日本製で、職人さんの技術にも目を見張るものがあります。現在は、合理化によりコストを削減した着物がメインです。60年前、70年前の着物も、綺麗に洗い干しすれば当時の色が今に再現されます。

古い反物でも、長さと幅さえあれば、自分のサイズに着物を仕立ててもらえます。

ダメージも、染めの修復で直せます。

自分と同じ年月をこの地球で頑張ってきた着物に手を通した時、また自分の人生と同じ時間を過ごした着物を羽織ると、先人に会えるのです。とても誇らしく、愛しい気分になります。

年を経た着物の美しさを引き出すために選んだ帯や帯揚げ・帯締めで、息を吹きかけます。その当時の職人さんが心を込めて、時間をかけて作ってくれた思いを、自分も心を込めてコーディネートすることで、職人さんをよみがえらせることができるのです。

モノには命はないけれど、命を吹き込むのは自分のコーディネートによるのです。

その一枚を活かす作業をすることで、今まで気づかなかった一枚の良さを引き出し、命を吹き込むことができるのです。

そんな作業は、人間にしかできない大切なものだと思っています。

# お金やモノを失っても、知識と知恵は消えない

**Even if I lose money and possessions,**

**I will still have knowledge and wisdom.**

自分が持つ財産は、使えばなくなり、他人に盗られたら失ってしまいます。

確実に自分のもとに残り、助けになる財産は、『教育』と『経験』です。


平和な時代に育った私たちは、義務教育から高校や大学まで学ぶことが普通にできるようになりました。

親や自分自身が教育に投資し、自分の中に学びを蓄積させる。その蓄積させた体験や教養は、誰にも盗られない財産として自分に残ります。

ずっと自分の中に残る経験と教養は、最後まで盗まれることがない財産になります。


学びのポイントは、自分の現場にもたくさんあります。

仕事の中で、言葉遣いや化粧の方法を教えてもらえます。お茶の淹れ方や掃除の仕方、電話での話し方、さまざまな気遣いや面倒な人間関係なども勉強させてもらえます。

仕事の現場で注意されることは、見方の角度を変えたら第三者から頂けるありがたい学びです。言い換えれば、自分の人生を「ブラッシュアップ」できることにつながる学びです。

仕事の現場で、お給料を頂きながら学ばせてもらえるのですから、ラッキーです。

『訊（き）くは一時（いっとき）の恥、訊かぬは一生の恥』

訊くことは恥ずかしいけれど、確実に過ぎ去る一瞬なら、有意義にした方がいいに決まっています。消え去る一瞬をどうとらえるかが、学びのチャンスです。

幾つになっても、そのチャンスに気付かなければ、損なことだと思います。

サウジアラビアを訪ねることになった、２００９年のことです。

行く前に、イスラーム（イスラム教）という宗教を知っておく必要がありました。

イスラームを調べていて、私が一番驚いたのは、宗教の教えに服装の決まりがあるということでした。

アラビア語で細かく書かれたコーラン（教典）には、信者が行うべき業と守るべきことが細分化されていて、その中に女性の服装の部分もあったのです。

行く前に、とりあえず私が注意する点を予習することにしました。

サウジアラビアはイスラームの発祥地として、女性は黒のアバヤ着用とされていました。教典には、男性は女性を守る役割を前提として、女性は「慎み深く振る舞うように」と書かれ、女性が気を付けることで、あらゆる災いは防げるとあります。

それによって、

●女性は肌を出してはならない
●髪は女性を意識させるので隠す
●体のラインを覆って隠す

といったことが決まりでした。世界中のイスラム女性の衣装にアバヤは指定されていませんが、ヴェールやスカーフのようなもので髪を隠すというスタイルが主流でした。

まだ石油が発掘されていなかった中東の砂漠の国の夜は真っ暗で、女性が暗闇で襲われることが多く、黒い布で肌をスッポリ包んで自分を守りました。それが黒であり、筒形のアバヤの由来でした。

サウジアラビアは、イスラーム発祥の聖地としてのメッカと、メディナが存在する国。国の政治は教典がつかさどるサウジアラビアなので、世界中のどこの国よりイスラーム女性（ムスリム）の衣装にも教典に従うことが重要でした。

出発前に、着物の反物でアバヤを作ろうと思いつき、紋付きの黒い反物でアバヤを作って現地で着ることにしました。現地に着くと、アバヤ見学で一日中、旧市街から新しい市街を巡り、そこで本場の一着を購入し、それを毎日着ていました。

アバヤの下は普段の私服でしたが、裾（すそ）が開いて中の私服が見えただけで恥ずかしい気持ちになったのでした。

5日間でしたが、不思議なことに、だんだんと着物を着ている気分になっていました。

この経験で、着物とアバヤには文化的に接点があるということを感じました。

そして帰国後に、ある出来事をテレビで知りました。それは、髪を隠すヴェールの論争がヨーロッパで起きていたことでした。

ヴェールは、アバヤと同じムスリムの衣装の一つです。女性の髪を隠すというイスラームの象徴です。その象徴をめぐり、ヨーロッパで論争が起きていることに興味を持ちました。

これには、衣服や宗教を知ることではなく、国際政治から学びたいと強く思いました。

そして、東日本大震災が起きた年である2011年の4月。54歳の私は、国士舘大学大学院政治学研究科の政治学専攻修士課程に入学したのです。

入学後、サミュエル・P・ハンティントンの『文明の衝突（初版1988年・集英社）』を中心に研究しました。文化は国際政治において、重大な役割を果たしていると指摘していたのが、ハンティントンだったからです。特に、冷戦後は文化の多極化が進み、政治的に影響を及ぼします。

文化は、人間が社会の中で、自らのアイデンティティを定義する決定的な基盤である、と説いています。加速する国際化にあって、多様な価値観と文化が混在する地球上では、さまざまな問題が起きます。特に文明（宗教）の価値観を知り、認めるか、ねじ伏せて従わせるかの違いで火種は誕生します。

異なる宗教の問題は、今も昔も続いて起きています。

ヨーロッパで起きたヴェールをめぐる激しい論争は、政教分離という法律の下、宗教の象徴を剥ぐことで正当化されたわけです。

ヨーロッパでは、戦後の人手不足を補うため、多くのイスラム教徒を労働者として積極的に移住させました。時がたった現在、異教徒との共存がさまざまなひずみを生んでしまっているわけです。

57歳で、何故ヨーロッパでヴェールの論争が起こったかを『ムスリマヴェールをめぐる論争』という論文にまとめ、修士号を頂くことができました。

「平和は、多様性を尊ぶことで生まれる」

「起こっている問題には、さかのぼる所以がある」

と確信させてくれたのは、大学院での学びでした。

国際人として多様性を重んじ、「日本の国の文化を日本人が大切すること。着物の活性化は、私の大事なミッション」と再認識できたのです。
そして、誰にも盗られない自分の財産を積むことができました。

# 友人との会話も丁寧語で

**Speak respectfully even to your friends.**

『互いを尊重し合う言葉遣い』それが敬語です。

人として、相手を配慮する相互扶助の気持ちは、今も将来も大切です。

尊重は、必ずしも相手への尊敬の気持ちだけでなく、『社会的な立場』に対してでもあります。尊敬できない人でも、その人の立場や存在を認めることも、『敬意』の表現です。ですから、敬意の気持ちを表す言葉として、敬語を使うことは大切なモラルです。


たとえ見掛けがお年寄りだったとしても、感受性は若い人とほぼ変わりません。

もしも、馴れ馴れしく見下した感じの言葉で年配者に話しかけたら、年配者はプライドを傷つけられたと感じるでしょう。

時折、お年寄りの方々が集まる施設などで、「は~い、〇〇さん、よくできましたね~、お上手ですよ~」と、子供扱いした言葉をお年寄りに使っている場面を見ることがあります。介護している方々にすれば、親しみやすい気持ちの表れなのでしょうが、介護されている人にとって、その言葉遣いが「バカにされている」と感じるかもしれません。介護している人が敬語で話しかけたら、その『敬意』が介護される人に伝わって、円熟した一人の人間として前向きな態度になると思います。

敬語の役割は、『常識を持つ社会人』を表現する大切なツールでもあります。敬語を使う立場の人が、きちんと使うことができたら、「社会人として礼儀をわきまえている」と思われます。相手に敬語で話すことは、自分が『一歩下がった距離』をつくります。自分の立場を理解し、適材適所で大切な『間（ま）』をつくることができる人だからです。

私は、友人との会話にも丁寧語を使います。初対面の人には敬語です。

社会人の大切なツールとしてだけでなく、相手に対しての距離を保ちたいからです。
合理性とスピードを重視する今、情報交換にかかる時間と距離は縮まっています。

人間関係において、心理的な縄張りといわれる４つの空間分類が、距離で記されています。（アメリカの文化人類学者エドワード・T・ホール）

【密接距離】０〜45㎝
【個体距離】45〜１２０㎝（自分の独立性を保つために、他者との間にとる距離）
【社会距離】０〜３・５ｍ
【公共距離】３・５ｍ以上

言葉遣いには実際の距離に加え、表情、声の質、言葉遣いの種類とその要素が多いので、縄張りに侵入される意識も敏感になります。

●密接距離＝密接な会話
●個体距離＝自分のポジションをしっかりと持つ会話
●社会距離＝社交辞令の会話
●公共距離＝要件のみの会話

他者から一方的に密接距離を押し付けられたら、相手によってはセクハラになります。

もしも、初対面同士の会話で、一方がズカズカと急接近してきたら、誰もが不愉快になると思います。『親しみやすい』と『ため口』は同じではありません。

互いを尊重し合うエリアを保つ距離は大事に意識するべきと、私は友人でも丁寧語を使っています。

言葉だとしても、相手との距離を置くことは、互いの将来のためにも大切なルールだと思っています。

「間（ま）」の意識は、日本が大切にしてきた文化です。

枯れ山水や茶室などは、他者に自由な想像空間を与える意識のものです。美しいものをただ鑑賞するのではなく、個々の想像空間を尊重する美意識なのです。

着物にも、その意識があります。

着物の袖には洋服と違い、夏物にも冬物にも長い袂（たもと）が付いています。男性なら50㎝の長さ、女性なら50～120㎝の袂です。

袂は、さまざまなシーンで他者との『心地よい空間』を演出します。相手の前にあるものを取ろうとする時に、自分の袂で周りのものを倒さないよう、袂に逆手を添える何気ない仕草をします。

その仕草こそ、間（ま）の演出です。袖口を引っ張って、襟元を整えてみたり、笑う口元を袂で隠したり、それらの仕草は、途切れた会話に優雅な間を演出するのです。

合理性を重視した現代の生活に、着物は窮屈で面倒だと思われますが、少し時間をかけて着る段階から、その意識が備わっているのです。合理主義の時代の中の『日本文化の間（ま）』には、『相手をねぎらう心』が存在するのです。

今はチャットやショートメールなど、言いたいことや感じたことをすぐに送信し、間髪入れずに返信を受けることができる時代です。

少し立ち止まって、封筒や便箋を選び、「間違えずに……」と少しばかりの緊張感で、便箋に言いたいことを書いて送ってみてはいかがでしょうか。

世の中の潮流に流され、会話も『間（ま）』を蔑（ないがし）ろにする傾向の昨今、互いの自由を尊重しつつ距離のある会話は、互いの関係のためにとても大切なことだと思うのです。

# 「何故」を伴侶に

## Live with the “why?”.

小さい子供は、親に向かって「どうして？」を連発してきます。

「〇〇しちゃいけません」「どうして、しちゃいけないの？」

どうして、夜は暗くなるの？　どうして、学校に行かなくちゃいけないの？

どうして、死んでしまうの？　と質問攻めです。

無理もありません。十月十日（とつきとおか）の時間、母親のお腹の中で、小さな受精卵から分裂を繰り返し、オタマジャクシの形から両生類を経て人型になり、出産と同時に初めて肺で呼吸して人間になったばかり。新しい世界は、知りたいことであふれているのです。

自分の存在を意識するようになるまでは、両親や兄弟の中で、お腹が空けば泣く、可笑（おか）しければ笑うだけでよかったのですから。

「どうして？」は、精いっぱい情報を収集して、謎（なぞ）を解きながら、自分という存在を確固たるものにしようとしているのでしょう。

田舎で育った幼少期、毎年のお盆に一つ年上の従姉妹が来るのが楽しみでした。

私の家は、10人の姉妹兄弟がいた母の実家が近かったので、毎年、たくさんの従兄弟たちが集まり、とりわけ一歳違いの従姉妹は、会うたびにたくさんの刺激とたくさんの『何故』をくれたのでした。

「なぜ?」言葉遣いがおしゃれなのか。

「なぜ?」いとこが着ているものは、私の家の近所にないものばかりなのか。

「なぜ?」いとこの学校で流行っているという遊びは、おしゃれなのか。

どうしてなのだろうと、お盆のたびに思うのでした。

ある時、従姉妹が穿いているズボンを見て、『いいなー』と思いました。

『ジーパン』だと教えてくれました。

「東京には、こんなおしゃれなものがあるのに、どうして私の家の近所では売っていな

いのだろう」と不思議でした。（当時はジーンズをジーパンと呼んでいました）

日本にジーパンが定着し始めたのは、1970年代。ヒッピーブームの中で浸透しました。

中学2年生の夏、夏休みに来た従姉妹は、私にジーパンをくれました。しかも2本です。

その2年後、オーバーオールを雑誌で見て、一目惚れしました。

どうしてもそれが着たくて、考えた末に作ることを決意しました。

母の足踏みミシンを借りて、従姉妹にもらった一本のジーンズを四角にカット、肩ひもの部分も脚の部分から切り取りました、四角い部分の裏地には、太めの赤いチェック生地を袋縫いして、もう一本のジーパンに縫い付けました。

そして、ついに自分のオーバーオールが完成しました。

『なぜオーバーオールが近所に売っていないのだろう？　そうだ、なければ、自分で工夫して作ればいい』

無謀な挑戦でしたが、型紙なしの作品でも、なかなかの出来栄えでした。

大学進学で上京するまでは、

「なぜ、田舎には欲しいものがない？」

「なぜ、ビルが田舎にはない？」

「なぜ、都会に出て行く人が多い？」

「なぜ、東京には人が多い？」

と感じていました。

そして50年たった現在、その『何故』は、世界の人口の都市集中問題になっています。

私が抱いた『何故』としての日本の人口の都市集中は、高度成長期の時代、東京オリンピック、東京タワーの建設などで、地方の働き手がどんどん集められたところから始まります。

国際都市として成長した東京にはビルが立ち並び、建設ラッシュとなります。出稼ぎや地方の集団就職の人々は金の卵として吸い込まれ、企業が集まります。

地方から進学した虎の子の大卒者は、そのまま東京で就職し、家庭を持つ。

東京とその周辺では住宅建設が加速して、人口が増す。

大型店や専門店など多く立ち並ぶ商業都市として、欲しいものがすぐ手に入る。

そのスパイラルは加速し続けて、地方の駅前はシャッター街となり、都会への移住が加速し、過疎化と高齢化が進む。そしてこれは、国際問題として、どこの国でも起きているのです。

『何故』という疑問を抱いた時に、問題の「原理・原則」を追求すれば、解決策が見える。

病気の場合、対症療法で痛みなどの症状を一時的に解決しても、原因になる根本を治療しなくては繰り返しつつ悪化します。

素朴な『何故』には、将来起こりうる問題回避の鍵があるように思えます。

現在、世界中の何処(どこ)にいても、欲しいものを手に入れることが可能になりました。どんな田舎にいても、流行りの洋服が買えます。リビングにいながら、目的の品物をピンポイントで買える時代です。インターネットのおかげで、欲しいものを手に入れる目的は難なく達成できるようになりました。

しかし、その一方で、実店舗での売り上げは激減。

かつて、ほとんどのデパートの屋上には小さな遊園地がありました。ネット通販では造れないものです。

「何故、屋上の遊園地がなくなったのだろう?」という疑問も含めて、実店舗ならではの良さを徹底的に考えたら、多くの人が店に足を運ぶ文化が戻ってくるのではないだろうかと思います。

ネット販売に存在する『何故』をアナログ店舗にとっての強みにして、反撃してほしいと思っています。

毎年夏になるとやってくる一つ年上の東京のいとこ
?
キラキラ～
おおお……
なんておしゃれなもの着てるの…!?
私も欲しい…!!
でも田舎にそんなのない…

そ、それなんて服!?
オーバーオールだよ
ちょ、ちょっと見せて!
うん?

数日後
ど、どうしたの!? それ!
なければ作ればいいんだよね!
エエ?!
スゴイ

# 棺桶に入るまでチャンスはある

**Don't give up until you are in your coffin.**

「生きていれば、いつでもチャンスはある！」とは違います。

「棺桶に入るまでチャンスはある」は、「最後の最後まで前を向け」という強い思いがあるのです。

いつでもチャンスがあると思っていたら、千載一遇のチャンスを逃します。

私の父は87歳の誕生日に亡くなりました。

晩年は、徐々に出せなくなった声のストレスを抱えて、病床のベッドで逝きました。

病床で、コツコツと貯めていたお金のことを心配しながら亡くなった父でした。健康を害した時から晩年にかけて、徐々に強かった気力も失いました。

戦時中、若くして潜水艦に乗り、20歳で終戦を迎え、その後、私たち家族のために一生懸命に働いた父の人生を考えると、父にはもっと自分自身に投資してほしかったと思います。

父の葬儀ののち、私はエレベーターを使うことをやめ、毎朝3階まで階段を上り続けて、今年で8年になります。病床の天井を睨み、父が「もう一度でいいから、この脚で階段を上りたい」と願っている姿を勝手に想像したからです。

父の最期を見て、今からできる貯蓄は体力維持だと思いました。そして、絶えず消えていく一日一日を積み上げることが、未来の自分をつくるのだと気付いたのです。

過去の栄光を引きずりながら生きている人が、その栄光に誰も興味を持たなくなったと知った時、将来がなくなってしまったと悲観するかもしれません。

自分はかつて『有名人だった』とか『大企業の重役だった』とか『ミス日本だった』などと引きずっている人も同じで、人は他人の過去には興味がないのです。

人は過去に戻れないのですから、過去の自分を自慢しても、人は過去のあなたに会うことができないのです。すべての過去の栄光は、すでに始まっている自分を育てる貯蓄です。しがみつくのではなく、貴重な体験として貯蓄した燃料なのです。

栄光の時代も、有名人だった思い出も、人の記憶から消えてしまうものだと潔く覚悟する。その生き方が未来の自分を育てるのです。

プロのスポーツ選手も、引退したら現役ではなくなりますが、最初から『プロの体験』をプロセスにすぎないと認識し、『引退』ではなく『区切り』と初めから予定しておけばいいのです。

今まで貯蓄したスキルをこれからの燃料に変え、自分の背中を押してやればいい。過去の栄光のことは、自分だけが知っていればそれでいいのです。

生きている限りは、人生の途中です。誰もが未完成ということです。

「ヨーイ、ドン」とスタートをして、ゴールテープを切ったところから、次のレースは始まるのです。

高校時代に２００ｍを走っていた頃、ゴール手前でどうしてもスピードを弱める私に、監督はこう言いました。

「お前はゴールテープ近くになると、スピードを落としてしまう。いいか、テープの先にゴールがあると思って走りなさい！　ゴールを意識するなよ！」

それまでは、スタートの号砲からゴール目指してパワー全開で走った後半、疲労感に包まれヨレヨレになってゴールテープを見た時、体の限界から「もういいよ、終わりだよ」と乳酸がたまった筋肉が囁く状態でした。だから「ゴールを意識するな」と言われても、無理だと思っていました。

大会後、ゴールの先を意識した練習は、３００ｍ走の走り込み中心になりました。

２００ｍよりも距離の長い練習を積んだことで、ゴール付近の囁きも聞こえなくなり、走り抜けることができました。

ゴールテープが見えたことで力を抜かず、その先まで走り抜ける。

引退や退職、リストラなど、さまざまなゴールの形がありますが、それをゴールと考えずに、学んだことを活かして、その先を目指す走りをすればいいのです。

90歳を超えて死を目前にした葛飾北斎（かつしかほくさい）は、大きく息をして「天が私の命をあと10年延ばしてくれたら……」と言った後、「私の命をあと5年保ってくれたら、本当の絵描きになることができるだろう」と呟（つぶや）いて死んだといわれています。

我々の人生も貴重な経験を積んできたのですから、『臨終です』のその先にゴールあり」をモットーに生きないと、千載一遇のチャンスはつかめません。

いたらぬ里は
なけれども
ながむる人の

# 90代の自分を育てる

**Keep developing** even in your 90's.

元気に働く70歳や80歳、それ以上の方がたくさんいらっしゃいます。人は乳幼児期、学童期、思春期、青年期、壮年期、中年期を経て、65歳以上の高齢期に突入します。

一般的に、多くの人は乳幼児には近寄りたくなるのに、なぜ高齢者には近寄りたくないのでしょうか。

時々、3人の子供の母になった長女から、動画が送られてきます。まだ幼い子供たちが愛おしくて仕方ない様子の動画です。生まれて間もない赤ん坊のホッペに頬を寄せ、ムッチムチのモモを優しく撫で撫で。あくびする赤ん坊の口に鼻を寄せて『いい匂いで〜す！』という動画です。

そんな乳幼児の愛されポイントは、

●肌がモチモチ
●いい香り
●瞳が澄んでいて、潤んだ目をした笑顔
●偉ぶらない、悪口を言わない
●しつこくない
●純粋無垢（むく）
●手を差し伸べたくなる
●着ているものは、明るくて淡い色のパステルカラー
などなど。

一方、高齢者の愛されないポイントは、

●肌がカサカサ

●髪はパサパサでボサボサ
●着ている洋服は黒が混じった濁った色
●体臭に気が付かない（気を配らない）
●不平不満が多く、体調不良を自慢する
●人前で、大声で話す
●周りを気にしなくなる
●若い頃の自慢をしたがる
●威張る
●しつこい
●姿勢が悪い
などなど。
老化は一日にして起きません。徐々に徐々に、ゆっくりと進んでいきます。勿論、体力も徐々に衰え始め、肌も髪も爪も次第に老化し始めます。全身を鏡で見なくなり、体重計に乗らなくなり、気付くと不平不満を口にしています。不平不満を言っている顔を鏡で見ると分かりますが、醜い顔をしています。

20歳からでも、30歳からでも、40歳からでも、50歳からでも、60歳からでも、70歳からでも、思い立った時から90歳の自分を育てるようにチェックする癖をつけましょう。

●背筋が伸びていますか?

気付いたら、背筋を伸ばしましょう!

●歩きスマホで、首が前のめりになっていませんか?

気付いたら、首を回しましょう。

●皮膚の手入れはしていますか?

毎日、鏡を見て、指先で顔にスキンクリームを塗り、手の平で包むことを日課にしてください。

●自分の匂いを意識していますか？

意識することが大切です。

●口角が上がっていますか？

気付いたら、子供のような笑顔をつくりましょう。

●外股歩きではありませんか？

気付いたら、直線の上を歩くように心掛けましょう。

●下を向いて、ため息ばかりついていませんか？

気付いたら、心の中で歌を唄いましょう。

●着るもので、自分を年老いた人にしていませんか？

暗い色の服は肌に映り込み、暗い印象になります。洋服は明るい色を選んで、汚れないように気をつけましょう。


一日一日、意識すること。気付いたら、実行を積み重ねることで変われます。

周りへの気遣いがなくなるのは、自分への気遣いがなくなるからです。

周りへの気遣いがあれば、自分の体調不良を自慢しないでしょう。

周りへの気遣いがあれば、嫌だと思われることをしなくなるでしょう。

そして、幾つからでも、夢中になる何かを見つけましょう。

何かに打ち込んでいる時は、時間の経過が早く、1分1時間が貴重に感じられます。

時間が貴重だと感じると、自分と向き合う時間が多くなります。

加齢による肉体の老いには逆らえませんが、未来の自分を自分で育てると決めて意識すると、子供を育てるように、花を育てるように、ペットを育てるように人生が楽しくなります。

精いっぱい納得した自分を育てることは、誰かに見せるためではありません。
人は生まれてきた時も、死んでいく時も一人です。
丹念に育て上げた自分となって死ねることは、最大なる命への貢献だと思うのです。
育てましょう。

# 人生とは自分が主役の舞台を演じること

Life is the stage on

which you play the leading role.

映画やドラマには、物語をつかさどるプロデューサーがいて、主役がいます。主役となる人物には重要な脇役がいて、舞台が名作か駄作になるかはプロデューサー次第です。

さまざまな出会いが織りなす舞台。

人生は、生まれた時から終わりまで演じ続ける、自分が主役の舞台です。始まりを与えられ、作品の終わりをどうしたいか。それを決めるプロデューサーは自分です。

誰の人生も皆同じ。そう考えると、人に対する感じ方が変わるのです。

たとえ、自分がほかの人より恵まれない環境にあると思えても、せっかく生まれてきた自分を、長い人生の間に変えてあげればいいのです。

どんなことでも果敢に挑戦できる、そういう自分をつくるのです。

ここぞという時、それに果敢に挑むか、尻込みをして何もしないかは、きっと失敗したくないという思いによるものでしょう。

実は、失敗や惨めな思いをする時にこそ、主役の伸びしろがあるのです。

私の好きな言葉は『訊く（き）は一時（いっとき）の恥、訊かぬは一生の恥』です。

失敗を恐れ、失敗せずに年を重ねた人は、失敗した時には弱いのです。

免疫がない主役だからです。

失敗の中での学びは強い。

学びは、どこででもできます。

学校で、分からないことを質問するように、会社でも家でも、分からないことを訊ければいいのです。

分からないことがたくさん分かるような生活をすればいいのです。

分からないことをそのまま放置しても困ることはないと思う人を、好きになれますか?

重要なのは、どんな主役になりたいかです。

今、何か不満を抱えているならば、それは主役であるあなたが原因。

自分が恵まれていないと思いながら、その中に閉じこもった主役になるのでしょうか?

暗い場面の舞台だけで、主役を演じなくてはならないのです。

人生という舞台は、たった一回きりなのです。

もう一回やり直そうと思っても、それはできないのです。

今の舞台は、あなたが主役として演じることが決められているのです。

結婚をしたいなら、自分を育てて磨く。磨けば、自分で光る。

どう磨くかは簡単です。

自分の好きなことを徹底的に追求することです。

好きなことを徹底的に深く学ぶことで、自分を追い込みます。

自分を追い込めば、耳障りな音も、うるさい外野の目も、気にする余裕がなくなります。

あなたが好きなことなら、どんなことでもいいのです。誰にも負けないくらい、徹底的に追求しているあなたの姿は輝いています。

主役のあなたが、誰かに好きになってほしいと依存したら、舞台は最悪です。

あなたが光れば、自然に興味を持つ人が現れます。

誰かを追いかけるのではないのです。

徹底的に好きなことを追求するのです。

人生という舞台は、あなたが主役です。

結婚する相手でも、生まれてきた子供でも、あなたの母親でも父親でもなく、あなたが自分の舞台の主役なのです。

あなたにしか作れない脚本の舞台です。

輝くあなたが、その舞台で最後まで自分を演じるハンドルを握っているのです。

大いに挑戦していきましょう。

限られた齢(よわい)に、納得できる舞台を作っていきましょう。

自分を育て続けていきましょう。

主役として。

矢作さん！
またお問い合わせですよ！
ハーイ
帰り次第
折り返しますね！

ダダッ
パシャッ
パシャ
パシャ

着物
ーミナル

Invitation
ジャポニズム再び！
du japonisme à nouveau!
Clic Clic
Clic Clic

パシャ
カシャッ
続いて、
本衣装のデザイナー
矢作さんのご登壇です！
voici la designeuse
Yahagi qui nous
présente son défilé!

まだまだ！
これからよ！

Ce n’est pas encore fini!

Ce n’est que le début!

## あとがき

本書を書き上げて、ふと『正義』という言葉が頭をよぎりました。

『正義』の解釈は、立場によって異なります。自分にとっての正義と、他人にとっての正義。自国の立ち位置からの正義と、他国の立ち位置からの正義。

豊かな世の中になって、お金があれば何でも手に入る時代、世界中の正義は『利権』優先の立場に傾いているように見えました。

その正義を『人の道』としての立ち位置から考えてみると、「正義とは何か？」の答えが見えてくるのです。

人はオギャーと生まれてから、環境に育ててもらいながら『美しいもの』『愛情』『感動』『心』といった、『人の道』を学んで成人になります。

昨今のニュースは、これらとかけ離れすぎたことが多すぎる気がします。

人の悩みの大半は『人間関係』だといいます。

『私の態度は、〇〇さんを傷つけていないだろうか？』

『私の言葉で、〇〇さんに嫌な思いをさせてはいないだろうか？』

『私は〇〇さんに裏切られた。裏切ってしまった』……など。

人と人が簡単につながる今のSNSの時代、見知らぬ人を簡単に信用してしまい、あとで悩みを抱えることも少なくないと思います。個人個人の正義の中に『人の道』を照らしてみることが、人間関係をより良くできるように思うのです。


私はアメリカで、日本から移民された人々によって始まった盆踊りを見た瞬間から『日本人にとっての着物』に目覚めました。着物を着なくなった日本人が悔しくて、悲しくて、その原因を突き止めながら、千年続く日本の文化である『着物』を、あるべき方向に導く活動を始めました。

ビジネスとしての着物ではなく、多くの日本人が自分で着物を着て、着物を活性化する活動です。

着物に存在する『美しいもの』『愛情』『感動』『先祖の心』が、絶えることなく続いていく！　その思いに突き動かされています。

私たちの先祖が与えてくれた『着物』を活性化することは、私の『正義』なのです。

矢作千鶴子

〈著者紹介〉
矢作 千鶴子（やはぎ ちづこ）

1956年　新潟県刈羽郡（現・柏崎市）高柳町 出身
1979年　国士舘大学 体育学部 体育学科卒業
　　　　'76全日本インカレ800m走・1500m走 優勝
　　　　'77国民体育大会800m走 準優勝
　　　　高木学園高等学校 保健体育教師就任
1982年　兼イラストレーター（集英社、小学館、主婦と生活社、ベースボールマガジン社等）
1985年　結婚
1987年　長女誕生
1989年　二女誕生
1991年　三女誕生
1992年　同高校体育教師退職後、夫の開業をサポート
　　　　長男誕生
1996年　四女誕生
2002年　5人の子供を連れてアメリカ移住
　　　　先人の着物と出会う
2004年　帰国と同時に着物を独学で勉強
2008年　着物ファッションショップ『Do Justice』オープン
2009年　一般社団法人『Tradition JAPAN』設立
2011年　国士舘大学大学院 政治学研究科 政治学専攻修士課程入学
2015年　同大学 政治学専攻修士課程修了
　　　　ジュエリーナ開発
　　　　小袖ユニフォーム開発
　　　　矢作式着物の発信

漫画：黒丸恭介
作画協力：黒塚定吉・江並明日香・犬川さと・月永 蓮

きょうは着物(きもの)にウエスタンブーツ履(は)いて

2020年12月15日　第1刷発行

著　者　　矢作千鶴子
発行人　　久保田貴幸

発行元　　株式会社 幻冬舎メディアコンサルティング
〒151-0051　東京都渋谷区千駄ヶ谷4-9-7
電話　03-5411-6440（編集）

発売元　　株式会社 幻冬舎
〒151-0051　東京都渋谷区千駄ヶ谷4-9-7
電話　03-5411-6222（営業）

印刷・製本　中央精版印刷株式会社
装　丁　　伊藤秀一

検印廃止

Printed in Japan
ISBN 978-4-344-92960-9　C0095
幻冬舎メディアコンサルティング HP
https://www.gentosha-mc.com/